U0919867

抵达之夜

desson
著

Arrival Of Night

吉林文史出版社

图书在版编目（CIP）数据

抵达之夜/desson著. —长春：吉林文史出版社，2019.1

ISBN 978-7-5472-5616-9

Ⅰ.①抵…　Ⅱ.①d…　Ⅲ. ①长篇小说－中国－当代　Ⅳ.①I247.5

中国版本图书馆CIP数据核字（2018）第246728号

抵达之夜

DIDA ZHI YE

著　　者：desson
责任编辑：张雪霜
封面设计：山川制本workshop
印　　刷：廊坊市海涛印刷有限公司
开　　本：880mm × 1230mm　　1/32
印　　张：7　　　　字　　数：120千字
版　　次：2019年1月第1版　2019年1月第1次印刷
出版发行：吉林文史出版社（长春市人民大街4646号）
网　　址：www.jlws.com.cn
书　　号：ISBN 978-7-5472-5616-9
定　　价：45.00元

我是某个漫长夜晚里，最后才被发现的那颗星星。
但当你说爱我的时候，我还是相信了。

目 录

第一部

一

你离开南部之后没多久，我也就离开了。但当时我并不知道自己可以去什么地方，不像你是因为要去实现梦想，要去更大的城市，要在可以容纳上百人，甚至人数更多的场馆里跳舞。

事实上，我一直以来都不知道自己要去哪里，有什么梦想，甚至去北部，也不是我早就考虑好非去不可的决定。而等我去了北部之后，我才意识到，原来自己并没有那么喜欢夏天。我那时候如此快乐，仅仅只是因为你在那儿，因为你说你最喜欢夏天。

夏天总是这样不真实，就像我们共同做的一场梦。

我猜在你跳舞的场馆里，会有圆形或是其他形状的实木地板，质量一定非常好，人走在上面不会吱吱作响。场馆里会有优秀的交响乐团为你伴奏，不像经常卡带的磁带机那样出差错，影响你的发挥。也会有优秀的灯光师，把全场那一束最亮的光照在你身上，它会更专业更准确地追寻你，以防任何人错过你美好的瞬间。总之，一切都应该比以前更好，也许事实就是这样。

在决定离开南部之前，我考虑了两天，拿出地图反复地看，但我没去问我的父母。因为对他们来说，我一直都能很好地处理自己的事情，像这样的小事没必要，也不该去问他们。

无意中我看到了北部，听人说那边很冷，最高的那座山上常年积雪，即便太阳出来，直直地照射一整天也不会融化，至少肉眼看不出来。湖面会在一年中结冰很长时间，我可以买一双滑冰鞋去滑冰，或者买滑雪板去雪场里玩，毕竟因为气候原因，那边能进行的户外活动并不多。

还有人说，在每个月的中旬，月亮最圆的时候，野狼会出现在积雪的高地，它们会三三两两地朝着月亮仰头嗥叫，但不会像小说或是电影里说的那样变成狼人，它们仅仅只是嗥叫而已。一开始，人们会因为叫声里的孤独而心生怜悯，但多听几遍之后就会很快厌倦。

月光会温柔地倾泻在地面上，在积雪的反射下，夜晚会变得很亮，但并不影响什么，只要睡着了，时间就会过得很快。

一说起北部，我突然想起去年七月来我家帮工的杰特，他的家就在北部，虽然他只在这里待了一个多月的时间，但我们很快便成了朋友。

“如果有机会，你一定要来北部玩，北部和这里完全是不一样的感觉。别担心，我会好好招待你。”临走之前，杰特这样对我说。不同于其他人的嘴上客套，杰特很快向我要来纸和笔，写下了他的住址和电话。

想到这里，我顿时慌了，把房间翻了个遍，终于在一本还没看完的书里找到了它——这张字迹勉强能认，被我当作书签的重要纸片。

“北部应该还不错”，我一边这样想着，一边松了一口气。

当天我就决定了要去北部，在吃午饭时我把我的决定告诉了父母。他们欣然同意，他们永远不会对我做的任何决定感到意外，有时候我会因此而不开心，我不明白这到底是因为他们爱我才给我足够的信任，还是因为他们不够爱我而不愿意多问。我想，他们应该是爱我的，虽然我无法判断他们爱我的程度，但在爱与不爱这样的问题上，我可以很快给出一个明确的答案。

说到这方面，我比你就要幸运得多，在你父亲阻碍你去做你想做的一切时，你仍然坚持去做。我作为一个外人，自然是没有资格去判断你的家人是否爱你，但至少我知道，你吃了不少苦。

午饭后，我出门去买一些路上需要的东西，但不会太多，我讨厌在长途跋涉中带很多行李，除了几件防止我在到达之前被冻坏的大棉服以外，其他东西都可以等我到了之后再买。回家之后，我一直在收拾东西，或许是因为太兴奋，忘记了时间，母亲上楼来催促我吃晚饭，我说我还不饿，她没再多说什么，下楼去了。

清晨时分，我准备出发，南部的天总是亮得很快，我害怕天一旦亮起来，我会再次看到我们第一次见面时的那棵老树，看到它始终直挺挺地立在那儿；会看到你曾经住过的房子，虽然你现在已经不在那儿了；会看到蜿蜒小路尽头的水井，看到泉水依然清澈，看到水井旁长满青苔。我害怕当我看到这一切时，我就舍不得走了。无论我如何假装自己过得很不错，无论我怎样去为你的好生活感到开心，但是我还是难过，对新生活的向往与兴奋无法消除我的难过。

父亲载我去车站，但这一次我没坐在副驾驶的位置。我担心如果我没忍住掉眼泪，他会看到。我给他呈现的始终都是一个坚强的形象，所以当我离开的时候，我也要这样。但我根本不知道，当我推开窗，当我紧皱眉头，当我快速擦干流下的那些眼泪，当我拿出你送给我的那条镶嵌着绿松石的黑色颈带时，后视镜里的那个我，也在做同样的事。

我想念你，可我已经不能再像以前一样，随便分享给你我觉得好听的曲子，对你讲我遇到的困扰，以及在你家的围墙外用三声口哨当作暗号，拿上车厘子酒在树底下等你。我不知道人和人的关系为什么会是这样，这是老天对我们的惩罚吗？每当人们想要更多爱和更多快乐的时候，就不得不交出已经拥有的东西吗？

母亲没有来送我，因为我再三请求她不要来，她的身体不好，我怕她会哭泣，怕她会特别伤心，所以我才轻描淡写地和她讲关于你的许多事情。从来没让她知道我曾经如此爱你，现在也如此爱你，很久之后我都将这样爱你。她当然知道你，只不过是以一个邻居的方式认识你。她不曾想过，你在我心中占据这样的分量，甚至比任何一个人都重。但没人看得出来，这或许是我的问题。

很快，我重整了情绪，从后备厢里依次拿出行李。我总觉得自己应该说点儿什么，但不知道该怎么说，于是只好和父亲简单拥抱了一下，就像我这一次去的并不是遥远的北部，而是去镇里的姑妈家玩，就像我很快就会回来，就像我真的会回来。

我背上双肩包，拖着箱子朝车站走去。我没有想太多事情，只是对将要来临的一天一夜的漫长旅程感到担忧和期待，不过我承认，担忧会更多一些。虽然我没有回头看，但我知道，父亲会靠在他的二手皮卡车的车门上，熟练地从自己左边上衣口袋里拿出一包烟，从中抽出一根来抿在嘴边，然后顺势拿起打火机点燃它，直到吐出第一口烟雾之后，身体才会真正放松下来。他并不急着回家，也并非是为了目送我，他要等这根烟缓缓地燃烧完，这是属于他的仪式感。

南部是比较粗犷野蛮的地带，我总觉得全世界的南部地区都应该是这个样子。或许是因为炎热，人会和动植物一样躁动起来。当你的视线穿过空旷草地上的扭曲空气时，你会看到远处的群山在乱舞。这时的我们并不能做其他事情，除了在树荫里等待气温下降之外，无所事事。当然，如果已经准备好了，谁都可以用冰镇西瓜和自制的松软曲奇饼干招待朋友，打纸牌或是闲聊都可以，这样时间会消磨得更快一些。

当太阳西沉，天空仍然很亮，体感温度是舒适的，我们会开始做一些户外工作，比如修葺屋子，比如对作物进行收割。如果你已经开始了户外的工作，并且想要今天完工的话，你的动作就要快，因为当天开始黑的时候，你会惊奇地发现自己居然冷得发抖。

这里的昼夜温差很大，对于初来乍到的人来说会不太习惯，如果他们精简行李，只带来了墨镜、草帽、拖鞋以及几件夏威夷花衬衫和短裤的话，那这样的夜晚是非常难熬的。其实也还好，毕竟不是撒哈拉沙漠，我们这里有森林和草地，有溪流和水井，驾车十分钟左右就能到海边。

我已经在这里住了很长时间，至少比你住的时间要长一些。当你们一家人开着车子来到这里的时候，我正戴着耳机，坐在桌前写一些东西。这是我唯一热衷去做的事情，不是写作，我现在还不敢用“写作”这样的词汇来描述自己的行为，如果用“记录”这个词，我会更能接受一些。

总之，当时我正在房间里记录，虽然戴着耳机，但我还是能听到外面嘈杂的动静。卡车发动机发出的轰鸣声、搬运东西声、人们的交谈声交织在一起，我摘下耳机走到窗户边，想了解外面到底发生了什么，然后我看到了你。严格意义上说，那是我第一次看到你，而你并不知道。后来在很长一段时间里，你一直认为我们第一次见面是在大树底下。不过也没关系，毕竟大树底下见面更浪漫一点儿。

我看到你长长的黑发披散着，就快到腰部了。它们很随意地被风吹开，看上去柔软又有质感。你穿的白色长袖衬衫最上面那一颗扣子没有扣上，漂亮的锁骨清晰可见，衬衫过长的下摆被你掖进高腰的短牛仔裤里，袖子则很随意地挽起来。你细长的脖子上绕着一圈颈带，黑色的，大约有一指宽，中间嵌着大小适宜的绿宝石。我十分好奇颈带的材质与佩戴方式，以及你为什么要戴着它。如果我们见面的话，我一定会问你这样的问题。

你的皮肤不是夸张的牛奶色，却也光滑细腻，在太阳底下泛着光。我记得你当时穿着深棕色的人字拖，我至今都没有见过任何一双女性的脚会比你的脚更好看。你一直低着头整理东西，我始终没机会看到你的脸。

有时等你终于抬起头来了,你的母亲又出现在你面前，挡住我的视线。你父亲大声吆喝你动作快一点儿，责备你为什么没有帮助你弟弟。耐心等待之后，我总算短暂地看到了你。

直直的眉毛却不锋利，眼睛很大，鼻子挺拔，你说话的时候露出牙齿，两颗门牙有些凸起来，像兔牙。其他牙齿排列整齐，发出陶瓷玉器般的光泽，属于厚实温暖的白色。嘴唇线条分明，饱满圆润，不像我的嘴唇长年干裂，也不像其他人的嘴唇那样过于招摇。我目不转睛地看着你，第一次，我有了想要亲吻一个人的冲动，但我不知道是因为你的嘴唇，还是因为你。

我转换姿势，把背靠在窗边的墙壁上，可心仍在剧烈跳动，像拼尽全力跑完了十公里。

阳光透过琥珀车站顶棚的玻璃窗照射进来，室内很快变得亮起来。琥珀车站是南部最大最古老的车站，有五个月台，靠近南部市中心，修建于二十世纪初期，在二战期间完全被毁，后来又重新建造。

琥珀车站通体红砖堆砌，属于拜占庭风格，建筑的四角都有金属材质的尖刺直耸挺立。车站的大厅左侧和长柱形钟楼相连，从外面远远望去，显得非常气派。父亲说重建之后的琥珀车站是按照法国阿尔萨斯地区科尔马车站的样子建起来的，来过的人抱怨说琥珀车站完全就是科尔马车站的复制品。但我并不清楚，毕竟在我出生以前它就已经是这样了。

从南部去往北部的火车一天只有两列，一列早一些，就是我将要乘坐的这一列，另一列是在午夜发车。我看着候车厅墙上挂着的时钟出神，在等待上车的时间里，思绪又飘到了以前。

每个月的十四号，镇子上都有热闹的集市，这是南部长久以来的一种传统，不用刻意发布通知，这是每家每户都知道的事情，就像知道太阳总是东升西落一样。在集市上，能看到很多东西，比如住得远一些的农户来卖自己酿的车厘子酒，有人把出生不久的小羊羔和小牛犊牵出来卖，幸运的话你还会看到猴子和孔雀。除了做买卖的人，城里的马戏团也会过来，他们早早地把敞篷搭起来，傍晚的时候开始表演。当然了，门票并不便宜。集市快结束的时候会放烟火，如果你不知道集市结束的时间，烟火就是最好的信号。

你刚搬来南部的第二天正好是十四号，各家各户都在忙着准备家里要买和要卖的东西。父亲总是对这样的事情没兴趣，他坐在沙发上看报纸，等母亲出门之后，他就要去后院修理他的渔网了。母亲一边列清单，一边整理自己刚织好的毛毯，这是她擅长做的事情，织的毛毯比店里买的都好。毛毯花纹独特，布料上乘，母亲一个月最多只能做好两条，所以从来都不用担心没有人买。

“需要我帮你买点儿什么吗，达西？”

母亲例行公事般问我，她知道我在很久以前就不去凑热闹了。

“不用了，我没有想买的。”

这倒不是什么客套话，而是我待在家里，有纸笔就足够了。其他东西，我似乎从来都没有太大的兴趣。

“等等，让我想想。不如帮我在集市上买一瓶车厘子酒吧。”很快我就变卦了。

“你不是从来都不喝车厘子酒吗？你说这是女孩儿才喝的东西，今天太阳从西边出来了？”

“没什么，我就是突然想尝尝。”

当我发现你家里还没有什么动静，我便猜测你一定不知道集市的事情。我早些时候尝过车厘子酒，去年姑妈来我家做客的时候带来的。姑妈说是自己酿的，非让我们每个人都尝尝，我不喜欢它粉红的颜色，但的确不难喝。南部因为气候原因，适合车厘子树生长，车厘子树到处可见，很多人会酿这种酒，算得上是一种特色。我在心里盘算着，用这个当作借口去与你搭讪的话，应该不会太唐突。

午后，蝉在树上发出聒噪的声响，阳光并不强烈，风把山谷里的凉爽带了过来。今天天气不错，有阳光但不热。镇子里的人都去集市了，母亲出门以后，父亲便戴着草帽在后院缝补渔网。我假装要去大树底下乘凉，顺便路过你家，试图制造一些偶遇。

你家房子的大门已经锁上，院子的铁门半掩着，但车子不见了踪影，只在地上留下了一道车辙，不知道是什么时候离开的。我有些懊恼，原来你们已经知道了集市的事情，说不定现在你正在集市上开心地逛着呢。我突然觉得有些后悔，早知道这样，我应该和母亲一起去集市，说不定那样反而能真正偶遇到你。

大树长在草坪正中间，很高很大，枝叶繁密，在天气最热的时候投下一大片树荫，就像南部的自然庇护神，缓解人们的小部分痛苦。我只好走到大树底下乘凉，因为我不能半路回家，如果直接回家的话，就有些尴尬了。

我就这样靠着树干坐着，看着远处的建筑和山峰发呆，想象着我变成了一棵树，在这里生长，进行光合作用，等待雨季来临，直到我最终变成了大树。我很清楚我的根其实并不在这里，我的根通过漫长跋涉，通过彼此相连的土地，长在地球的另一边。

我这样想象着，睡意也慢慢袭来。我很快入梦，也全然忘记了你的事情。

“乘车前往北部的旅客请拿好车票，准备上车。”

声音从车站角落的大喇叭里发出来，我很快提起了精神。上车之后的时间将会更加难熬，但相比不确定的未来，此刻倒也更好过一点儿。

还好，上车的人不是很多。我总是喜欢这样感慨，会有一种像是被赦免了罪过一样的轻松。

我对热闹的地方有一些抗拒。

因此，我才会对这次旅途有些害怕，并不是怕它耗费我大量时间，也不是害怕它可能过于颠簸。我只是害怕会有太多的人拥挤在车厢里，来来去去地走动，或是吵闹，或是为了打破沉默的尴尬而勉强聊天。如果你是一个喜欢热闹的人，是一个时时刻刻被热闹围绕的人，我可能就不敢去接近你了。

6号车厢21号座，上了车厢之后我便煞有介事地找起座位来。好在离车门并不远，很快我就找到了。这是卧铺双人间，我的床是21号，另一侧却是25号，我感到很纳闷，但没有多想。

同我一起上车的人寥寥无几，一般在这个时间段出发的人不会买卧铺票。周边的城市离这儿并不远，几个小时的硬座很快就到了。如果要去很远的地方，人们习惯在深夜出发，因为一上车就能睡觉，这样就减轻了很多痛苦的煎熬。我没有这样的习惯，我的习惯只是避开人群。

想起我一直以来在父母面前保持的形象、我与朋友的沉默相处以及我面对你也无法全然敞开心扉时，我才不得不承认，和所有人保持距离的感觉其实并不开心。偶尔，我很想走进你的心里，但更想让你走进我的心里，无论你会看到什么，无论你会不会失望，我唯一想要亲密的人只有你。

时间还早，再过几分钟列车就要开动了，我把背包和箱子放在卧铺上边的隔间里，空间足够大，至少还能再放下一个大的背包。我把你送给我的颈带放进外套兜里，然后把门关上了。我想四处走动一下，了解一下车厢的布局，以防晚上突然尿急时找不到厕所的位置。

车厢中部有三个连在一起的公共座位，前排是固定的桌面，供需要办公或写作的人们使用，也可以闲坐着看风景。我没有继续往前走，而是选了靠近车窗的座位坐下来。座位很舒适，并不比家里的沙发差。我侧着头看向窗外，正想着列车几时才能开，窗外的景物便开始动了起来。

二

“你叫什么？”

我听到有人和我说话，却又有些恍惚，更像是在梦中。我慢慢睁开眼睛，眼前的景物还有些模糊，我用手揉了揉眼睛，它们才变得清晰了些。我不知道自己昏睡了多长时间，总之阳光看起来没什么变化。身边有一个人的影子，我抬起头朝右上方看去，你正双手交叉在胸前，直直地看着我。

“嘿，我说，问你呢，你叫什么？”

这一回我总算听清了，但却来不及想别的。我们的第一次见面就这样突然发生了，世界上太多的事情无法预料，容不得谁去做好准备。

“我叫达西，你呢？”

“我呀，我叫瑞秋。”

你说话的语气有些逞凶斗狠的意思，像是一个下马威，即便你初来乍到，即便你看起来柔弱瘦小。我以为你是会像我这样木讷，或是比我还要内向的人，但你却如此直爽，这是我无论如何都没有想到的事情。

“你倒是悠闲得很，居然在这里睡着了。”

你姿势仍然没有变，语气也丝毫没有软下来的意思。

“是啊，夏天的午后就是让人用来浪费的，在树下睡觉是最好的方式之一。”

“你也住在这儿？”

“当然，就住在你家隔壁。”

“那还真巧，我们以后就是邻居了。”

你的语气终于软了下来，眼神的防备也收敛了很多。现在我才看清你眼睛的颜色，是浅绿色，就像你颈带上镶嵌的那颗绿宝石一样，只是更明亮一些。

“你知道今天是什么日子吗？”

我的语气有些骄傲上扬，就像我完全可以肯定你不知道一样。

“知道，今天是南部集市的日子。”

“那你怎么没去？”

我有些气急败坏，但很快把这种情绪隐藏起来。

“人太多了，没什么意思，而且父亲开的餐厅装修工作正在收尾，等到餐厅开业之后我就有的忙了。所以趁着这段时间还自由，我要远离人多的地方。”

“你父亲的餐厅在市场上？”

“对呀，要不是因为他的破餐厅，我们也不会全家都搬来这里住了。”

“你不喜欢南部吗？”

我有些试探性地把问题抛出来，但很快又后悔自己这么问。

“喜欢啊，到目前为止很喜欢，我喜欢这里夏天的感觉，很自由。”

你一边说着，一边双手十指交叉往后伸了个懒腰。在手顺势放下来的时候，又往外伸了伸。

我始终注意着你佩戴的绿宝石，我的目光被它吸引着。

因为我从来没见过哪个人有这样的打扮，至少在南部没见过。

“那个……瑞秋，我能不能问你一个问题？虽然会很唐突。”

当你转过头来看着我的时候，我很快扭过头去，把注意力从你的绿宝石上移开，移到随便某一处的草地上。

“我知道你想问我什么，是不是我脖子上的这个颈带？”

你一边说着，一边把食指放在脖子上点了点，而我继续把目光投放在草地上，没有回答。

“这个啊，是我祖母送给我的成人礼，不同于那些随处可见的项链。这是我祖母亲手制作的颈带，黑色丝绸缝制，中间镶嵌着绿宝石，听她说这石头有些年头了，似乎挺值钱的。我的颈带能从后面解开，不用从头顶上套进去。”

话还没说完，我看到你娴熟地把颈带从脖子上拆下来，卡扣的地方非常隐蔽，做工的确考究精美。我还没来得及一个一个地问，你就一次性解答了我关于这件小东西的全部问题。

“真好看。”我情不自禁地感慨道。

或许因为你夸赞宝物时的真挚捕获了我，又或许是后来我们有了更多的交集之后，那种挥之不去的想念才开始出现，也可能是我第一次从房间的窗户里看见你的时候，这种情感就已经悄然萌生了，我不知道它到底是从什么时候开始的，直到现在我也想不明白。

现在想来，我才意识到，原来你从一开始就是追逐自由的人，而当你第一次见到陌生的我时，也丝毫没有隐藏这一点。

列车轰轰地往前开着，再过一个小时就是午餐时间。我突然想起在上车之前没来得及给杰特打电话，问问他现在过得怎么样，现在是否仍然住在他写给我的地址。我离开得太仓促，来不及考虑很多我本应该去考虑的东西，我俨然不再是那个能够把自己照顾得很好的人，不再是所谓的面面俱到的人。

如果我没做好准备就去北部，被父亲知道的话，他指不定要在心里嘲笑我到什么程度；要是被母亲知道了，她必然会急得吃不下饭。不过他们是不会知道的，只要我不说，他们永远都不会知道。我的心情很快平静下来，担忧和焦虑一闪而过，就像窗外的景色。无论杰特在不在那里，我都要去北部，这就是我唯一的目的地。但如果他在的话，我想事情会顺利很多。

我没有再继续坐着，走出公共座位间，接着进行我的布局摸索行动。

“在找到餐车以前还有些时间，我可以询问乘务员，看看我是否能拨打电话。”

我一边走着一边心里有了计划。生活就是这样，一步一步推着人漫无目的往前走，在黑暗中看到一束光，在未知里拥有了某种希望，除了消磨时间之外，也开始有了确切的事情可做。

到目前为止，列车行驶十分平稳，阳光透过窗子照进来，车窗外的树木和建筑快速闪过。列车正沿着山腰往前开，左边依稀能看到海。路过几个包厢之后，我发现了卫生间。卫生间从外面看起来很干净，我想要打开看看里面，才注意到有人正在使用。我并不着急，时间还长着呢。走到车厢连接处时，我看到了乘务员所在的办公间，但里面没有人，继续往前走，才看到正在检票的乘务员。

“不好意思，请问列车上有能打电话的地方吗？”

“很抱歉，列车上没有。下一站列车停靠的时候，站台旁的杂货店里有电话能用。让我想想，下一站是南部高地，如果不出什么差错的话，下午两点一刻左右就会到达。”

“原来是这样，那请问餐车在什么位置？”

“再往前走，过一节车厢就到了。”

“好的，非常感谢。”

“不用客气，有什么问题可以再来找我。”

还没走几步，我肚子便开始叫了。这大概是心理暗示之后带来的生理反应，似乎只要反复提及餐车这个词，消化系统就会自动把速度加快。

远处的马路上有车开过来，是一辆看起来有些年头的黑色小轿车，像甲壳虫款汽车，但又不完全一样。我们俩同时朝小汽车看过去。

路并不平坦，车子左右摇晃，比起我父亲的皮卡车来差很远。尘土被车轮扬起来，然后慢慢地落下。

“那似乎是你父亲的车，倘若我没有看错的话，副驾驶位置坐的是你弟弟，你母亲坐在后面。”

“他们提前回来了，大概有什么事吧。”

你的目光跟着车子移动，像是对我说话，又像是自言自语。

“你不赶回去吗？如果有什么急事的话。”

“不急，如果他们想要找我，总会有办法的。”

你开始有些局促不安了，但语气仍然镇定。

风带着南部特有的味道刮过来，这种味道酸酸的，像还没有熟透的车厘子，又像是雨后的干净泥土，有些湿润和清新。我始终都不知道这种味道来自哪里，是什么原因造成的，或许这就是南部比较奇特的一个方面。风刮过来，你的头发会和树叶、花草一起舞动，而你宽松的衬衣也被风吹得皱起来，你成熟曼妙的少女身材显露无遗。我的耳根很快红透了，而你却并没有注意到。

“你为什么不去集市？”

话题突然被转移，不知道是你真的想要问我，还是你在看到了我的窘态之后迅速帮我找台阶下。

“我去过太多次了，而且每个月都有，很难再弄出什么新意来。我不喜欢热闹的地方。”

“是吗？那我们或许能成为朋友。”

“那再好不过。”

多亏你提到集市，不然我都快把最重要的事忘了。我想起我让母亲帮我买的车厘子酒，想以此作为与你搭讪的由头，现在看起来，车厘子酒似乎有了更大的作用。

“你知道车厘子酒吗？”

“我来之前听母亲说过，好像是南部的特色酒。我来的路上看到周围有大片的车厘子树，我并不喝酒，听母亲说酿出来的车厘子酒是粉色的，很想喝喝看。”

“今晚你有时间吗？我们在这里见面，我带镇子上最好的车厘子酒给你尝尝。”

“今晚？这不太好吧？这酒容易醉人吗？”

“当然不会醉人，可以当果汁喝。”

“即便是我愿意来，我父亲也不会轻易放我出来。如果你要来我家找我的话，他还会把你臭骂一顿。”

“那我们想个办法，到时候我在外面吹三声哨子作为暗号，你听到哨声找个借口出来，怎么样？”

“行吧，但我只喝一口，就一口。”

“好，就一口。”

我们就像在一起密谋一件坏事，充满惊险刺激，这种冒险的冲动很快拉近了我们之间的距离，悸动的快乐充斥着我。

我们告别后，直至晚餐前母亲回来，我耳朵尖上的红色才渐渐退去，心跳才回归到正常。在等待母亲回来的时间里，我仍然焦躁不安，我害怕她会忘记帮我带这瓶无比重要的车厘子酒。这瓶酒，此刻对我来说比金子还要珍贵。我的心一直高高地悬在半空，就像如果酒没了，心就会坠落下来摔得粉碎。好在当母亲的身影出现在我眼前时，那个珍贵的“宝物”也一同出现了。

我草草地吃完晚餐，夜晚很快降临。我们没有约定准确的时间，这让我有些苦恼。我当然想立刻就去吹口哨，但又担心你还在吃饭，一切都没准备好。再继续等，每分每秒都过得那么缓慢。你无法知道，对于我这样一个漫不经心的人来说，我第一次开始对“度日如年”这个词语有了体会。

车厘子酒在灯光的照射下显得粉红透亮，如同夏天该有的样子。而就算没有尝过车厘子酒味道的人，光是看着颜色也能想象出一二来。它就这么立在餐桌上，一动不动。随着时间的推移，我越发显得躁动不安起来。

这是一段长长的不安、是一种自乱阵脚的喜欢。当我试图遮掩自己的这种失态时，我才意识到，我可能对某种东西失去了控制。车厘子在瓶子里互相紧挨着，为了排解不安，我开始数了起来，一个、两个、三个、四个……

食物的香气缓缓地在空中流动，不需要用力呼吸，就可以闻到火腿蘑菇烩饭的味道。再往前走，黄金面包大概就要出炉了，还有海鲜芝士比萨、肉丸米饭和烤粗通心粉。我不知道列车上的食物是否会这么丰盛，极有可能只给旅客提供面包和牛奶，这说不准。

厨房和柜台在餐车的入口处，餐车的内部装潢和其他车厢不太一样，米白色的顶棚，挂灯虽然开着，但起不到照明的作用。两人座的酒红皮质靠椅相对摆着，中间是盖着雪白桌布的方形木桌，旁边是足够大的方形窗户，构成容纳四人的传统席位。过道在车厢正中间，铺着深棕色的地毯。有人正在用餐，有人则在等餐的过程中读报纸。

我找到一处没人的座位坐下，拿起菜单来看。真希望会有火腿蘑菇烩饭，我这么想着。虽然现在再也无法尝到你做出来的那种味道，但至少食材是一样的，至少仍叫这个名字，它始终是我最爱吃的食物。

果然没有猜错，列车上有这道菜，我一眼就看到了它的名字。我没有再继续往下看菜单，而是招来了服务员点菜。

火车不紧不慢地行进着，窗外的云层在天空中厚厚地堆积着。在我开始感到饥饿时，午餐刚刚做好，是我爱吃的食物，味道可口，氛围也合适。在一切看起来如此和谐的时候，我却无法忍受了。

我无法忍受人总要经历一万次痛苦才能换来一次短暂的甜，无法忍受人竟如此脆弱，脆弱到连一次短暂的甜都不敢肯定它正在发生着，不敢肯定自己完完全全有福消受。

或许我们不该这样去爱另一个人吧，当吃到生命中藏着回忆的食物，即便味道并不相似，但回忆还是被拉扯开，而灵魂就这样被带到了那个夏天。

当暴雨停歇，野蘑菇吸饱了水分，悄悄地从林子里长出来，我想起你拉着我一起去采摘它们，教我分辨哪些蘑菇能拿来吃，哪些蘑菇有毒性；我们在空地里架起火堆，混着烟熏火腿、调味料和午餐吃剩下的米饭做出来的烩饭。

我们都不该遭受这样的痛苦，在记忆里，把这些事做了一遍又一遍。

右手食指和拇指圈起来，指尖相碰，做出 OK 的手势；用舌头舔湿嘴唇，将舌头抵在食指和拇指形成的 OK 圈上，相互用力，让舌尖向上微微卷起；将嘴唇抵在手指周围，然后闭上；用手指的力量将舌头推进嘴里，嘴唇包裹住手指并闭合，使上嘴唇和手指形成的圈之间只留下一个小孔；用鼻子深呼吸，然后把空气从手指和下嘴唇之间形成的小孔中吹出去。这是我很小的时候父亲教我的方法，他说这样吹出来的哨子声才最响亮。

我记得那时候还养着马，父亲一吹，马很快跑过来。

当时他并没有细致地把步骤讲给我听，只是随意地演示给我看。如果我要求他再多做几遍，再慢一点儿，他便会显得不耐烦。我反复学了好几周才勉强掌握要领。我猜你也想学这种吹哨子的方法，因为这样的暗号实在很酷。

走到你家围墙外，我很快发出三声哨响。我左手拿着酒瓶，右手弯曲着抬起来，仰着头，如军队里最优秀的小号手，站在高处传达上级的命令，这没有办法不骄傲。

夜空深蓝，满天繁星，月亮偶尔被缓缓流动的云层挡住。山林里安静漆黑，但却一点儿也不让人觉得可怕。南部没有阴郁古怪的山，即便在黑夜里，人们也只是好奇里面有没有住着精灵。我这会儿正站在树底下，还是不要懒懒散散地坐着了，如果又不知不觉睡过去，就别提有多丢脸了。

建筑群里不少人家的灯都灭了，或许是赶集市还没有回来，而你家灯火通明，猜不出窗户上偶尔出现的影子到底是谁，不过总有一个会是我正在等的你。

“等了很久了吧？”

你依然还是白天时的打扮，只是头发用绸绳扎了起来，显得更加精神干练了些。

“没有，我也刚到。”

“这就是你说的车厘子酒？”你指了指我的手。

“啊，是的。你看，这是不是你母亲所说的那种粉红色？”

虽然在夜里，但仍然可以看清很多东西，云雾散开以后，周围也亮了起来。我把酒瓶举起来给你看。

“还真是，我喜欢这种颜色。不过，这瓶子里的车厘子还能吃吗？”

“当然能，发酵之后车厘子里面浸着酒味，比吃新鲜的车厘子更美味。只是不知道你会不会喜欢。”

“那我可得好好尝尝。”

接过酒瓶之后，你举起来对着月亮，从瓶子底下观察它的变化，像一个刚拿到新奇玩具的小孩。你把瓶口的木塞打开，轻松地拿开。我以为你需要我帮助，至少会有吃力的过程出现，但是并没有，你左右一拧，瓶盖“砰”的一声打开了。你双手拿住瓶子往嘴边送，喝下不大不小的一口。

“你还别说，真不错。”

“我不会骗你的，而且的确不会醉人，多喝几口没事。里面的车厘子等喝完了才能吃到，我没带其他的杯子来。”

听我这么说了之后，你又继续喝了一口。其实，当我把瓶子递给你的时候，就没想过再拿回来，即使你今天喝不完，还可以拿回家慢慢喝。总之，只要你喜欢，怎样都行。而你却突然把瓶子递给我，在我迟疑的时候你示意我和你一起喝。

这称得上我和你第一次亲吻吗？这算是你心意的展现吗？我已经尝不出任何味道了，或者也可以这么说，我分不清这到底是你的味道，还是酒的味道。

烟火在远方的天空中绽放，然后再传过来回响。彩色的光亮映照着我们，像是照亮了年轻人的悸动。我们在这样的夜晚轮流将这瓶酒喝完，倒出来的车厘子也正好对半。我沉浸在这样的美好时刻中，无论它是否只是一种假象，无论它到底能持续多久，就像生命中难得一见的龙卷风，为我带来绚烂的震撼，虽然下一秒就要连我一同卷走，但有了这真切的快乐，我就从未后悔过。

“就送到这里，你快回去吧，要是让我父亲看到的话就糟了。”

“好的，那……晚安。”

“晚安。”

事实上，我们两家相隔并不远，“我送你”像一种必不可少的仪式，我希望再和你走一段路，再把我们相处的时间拉长一点儿。假如我们说再见，就好像真的再也没有机会见面了一样。换成“晚安”，就会好很多。

那一晚，我回到家之后，在日记里这样写道：

瑞秋，这真是一个好名字。这个名字在我的脑海里已经深深刻下了她的样子，也许在以后还会更深刻些：她的黑色长发、她的绿宝石颈带，以及她让我意想不到的直率。

或许我已然陷进某种情感之中，这是稍纵即逝的喜欢？还是更持久的爱？我现在还不敢确定。但是此刻，经过一晚的相处之后我知道，倘若她表达出对天上哪一颗星星的喜爱，我都愿意想尽办法将其摘下来送给她。

在南部过去的无数个日子里，我从未有过像今天这样的感觉，一个让我如此心潮澎湃的夜晚。对我来说，在我随心所欲、一成不变的无聊生活里，终于有了让我真正充满期待的事物出现。我也从未像现在这样矛盾和慌乱，这样期待未知的明天。

第二部

三

随着火车的不断行进，餐桌上的水杯略有晃动，杯中泛起小小的水波，没人会注意到它。我不知道在草草地吃完午餐以后，除了对着窗外发呆，除了回到车厢小憩之外，我还能做什么。两个小时之后，列车才会到站停靠，我才有机会联系杰特，这是目前对我来说唯一知道什么时间、该怎样去做的事情。

“嘿，达西，是你吗？”

我正准备离开时，听到有人叫我的名字。我有些诧异，坐起身来向四周环视。一张熟悉的面孔朝我走来，他很快坐在了我对面。

“迪恩叔叔，你怎么会在这儿？”我有些兴奋和好奇。

“我啊，唉。下午在南部高地还有一笔生意要谈，而我的车子又出了毛病，所以就坐了这一列的列车。对了，你怎么也在这儿？”

“我去北部找朋友。”

“哦，那你还得在车上待一段时间。你是卧铺车厢吧，难怪没看到你。”

“是的，我明天才到站。”

“原来是这样。不过话说回来，时间可真快，你在我家修剪草坪仿佛还是昨天的事。”

“对啊，真快，当时承蒙您照顾。”

“你还需要吃点儿什么吗？赶车太匆忙，来之前什么都没吃，我觉得现在我能吃掉一头大象。”

我微笑着摇了摇头，用手指了指我面前的空盘子。迪恩叔叔没再勉强，他点了一碗肉丸米饭、一盘烤粗通心粉、一碟小面包、一份水果沙拉，最后点了两杯咖啡，把一杯咖啡递给了我。

他用心打理着嘴唇上蓄着的大胡子，脸颊和下巴剃得非常干净，天生卷曲的短发看起来始终是那么精神，身穿一件白色T恤和牛仔外套。迪恩叔叔似乎永远都是这个样子。我第一次见到他，战战兢兢地敲开他的家门，询问他是否需要人手帮忙修剪草坪时，他就是这样打扮；我们已经足够熟悉，偶尔碰面互相问候时，他仍然这样打扮；此刻，在我离开的途中机缘巧合的偶遇，他依然如此。有时我在想，是不是人只要到了一定的年龄之后，相貌和穿衣打扮就不会再改变了，至少是外貌上那些明显的改变，而就这样保持十年或是二十年之后，又会在某一个瞬间突然老去，就像昙花一现般枯萎。

“你还记得吗？”迪恩在点完东西之后很快挑起了话题。

“记得什么？”

“当时你找到我，我们谈定工作时间和报酬之后，你在晚饭之前找到我，问我是否可以调换一下工作时间，能否把每个周末上午的一个半小时改在下午，你还怕我不同意，还说工资不变，工作时间再增加半个小时也可以。事实上即便你不说，我也会答应你这个请求，但你这样说反而引起了我的好奇。”

“对，我记得，但这并非因为什么了不起的理由，何况都过去那么久了，不说也罢。”

“一开始我还很想知道原因，但工作忙碌起来我也就忘了。后来有几次，我看到你修剪完草坪之后，拿着机器站在路边和一个女孩聊天，如果我没记错的话，她叫瑞秋吧。后来，我也就慢慢知道你调整时间的原因了。”

“那条街是去镇子的必经之路，当时瑞秋在她父亲的餐厅帮忙，生意不太好的时候她可以早点儿回家，我在那里等，就一定能够遇到她。但我在工作，并不是无所事事地刻意等待，很自然就能遇到她，这样会更好一些，很像一场偶遇。不过她早就看出来了，我为什么会出现在那里。”

服务员推来了推车，依次把食物摆上桌，我把咖啡从桌边移到胸前，虽然热气腾腾，但我并没有去喝，也没有加糖块，只是漫不经心地搅了搅。

那条街并不长，南部的小镇没有很长的街道，有的只是几分钟就能走到头的烟火气息，或是一眼望不到头的人迹罕至。在我们确定关系之后，我开始以很快的速度成熟起来,我意识到自己不能再像以前那样无欲无求过完一生。我要立刻行动起来，为了我们今后的共同生活，我要做的努力还有很多。

有了这个想法，我才依次敲开很多人家的大门，思考着在这个短暂的假日里，我能否攒够一双舞鞋的钱，能否攒够一顿烛光晚餐的钱。在此之前，我想了更多的东西，我能做什么，他人需要什么。写作，没有人会雇我这种没有经验的人；运货，我没有车；餐厅服务生，我不能去你父亲的竞争对手餐厅里工作。想完一圈之后，我才想到我可以去修剪草坪，每家每户都有前院后院，南部的杂草长得很快，人们愿意花钱雇孩子们过来修剪草坪。

那条街是你经常出现的街,所以我打算在那里找工作。在敲开迪恩先生的家门之前,我已经被别人拒绝了好几次，即便当时的我随时会失落到放弃找工作，但仍然怀着希望去找。

在之后很多个周末的傍晚，我们倚在路边的栅栏上聊天。街上的灯箱在天黑以前纷纷亮起来，我告诉你我在工作时遇到向我讨水喝的流浪汉的故事，你告诉我你在送餐时无意间听到的奇怪信息。在回家的路上，夕阳把人的影子拉得很长很长。

“那你们现在怎样，我是说你和瑞秋。”

迪恩叔叔吃东西还是老样子，他总爱在咀嚼食物的时候说话。当我听到他这样问我的时候，我有些惊讶，但我很快确信他并不清楚你的事情，或许镇子上大部分的人都不知道。

“我们很好，就像以前一样，她去大城市出演舞台剧，到时候我会去找她。她很喜欢南部，将来我们会找一个与南部很像的地方定居，盖自己的房子，养几条狗。如果有闲情逸致的话，还会在后院种上几棵车厘子树。”

“听起来真不错，祝福你们。”

没有任何疑问，迪恩叔叔竟如此坦诚地回应我，好像我说的这一切，全都是已经发生的事实。

有时候，爱的想象会让我对遥远未知的明天怀有多一些的期待。无论我是否接受你离开的这件事情，也不管这种离开对我造成的伤害程度是怎样。当人们问起我，爱到底是什么的时候，我都说不知道。我不知道的事情实在太多，但这并不妨碍我在语言匮乏的时候，也可以通过感官去体验某种快乐。

我清楚地知道自己此刻正在做什么，我正在努力理解，爱所附加给我的全部愚蠢和软弱。

遇到迪恩叔叔的确是一件让人感到开心的事情，他的出现就像是对过去、对我们之间关系的佐证，不会让我在漫长的路途中猛然开始自我怀疑，怀疑这一切的真实性。我们就这样继续在餐车上聊了很多，在咖啡未彻底冷掉以前，我缓缓地喝完了它。南部高地站到了之后，我起身送他离开，他在分别时拍了拍我的肩膀，还给了我一个拥抱。

而我则在回车厢以后，才猛然想起来自己应该做的事情。我确认那张写有电话号码的纸条还在口袋里，便很快下了车。

在我们一同欣赏过集市烟火的夜晚之后，我们很快熟络起来。你父亲的餐厅在两天后开门营业，是那种十分传统的当地餐厅，没什么新鲜的，如果请来厉害的厨师，才可能会有些吸引人的特色菜。

餐厅的装潢很好看,门店不算大,餐厅的外围当作院子，临近马路，两旁各摆了一张四人座的露天座位。沿着石子路进去，中间是木制玻璃双开门，两边是更大一些的落地玻璃窗，靠窗的是双人座的情侣桌。推开门进到里面，便是木制地板以及还未完工的白色墙壁和偶尔裸露的墙砖。餐厅的光源来自固定在墙上的小型投射灯和天花板上吊下来的黑色金属挂灯。餐厅的整个氛围是暖色调，但不算太亮。左边是长长的花色复古吧台，右边是规整的四人座。店名叫 Pete’s，是用白色灯管做成的英文花体字，在傍晚时会发出橘黄色的光。

不知道是由于刚开业店里有优惠活动，还是纯粹只为店面好看，总之开业那天来的客人很多。我知道你一定会在这儿，所以我来了。在用餐时间结束之前，我推开门，坐在了窗边的双人座上。

我看到你围着白色围裙，把头发扎了起来，那条漂亮的颈带仍然在你的脖子上。你的父亲曾严厉地要求你摘下来，不过我知道，你不愿意摘下它，这是你无论如何都要坚持的事情。我看到你拿着垫有白色厨房纸的铝盘从厨房里出来，在匆忙走向餐桌的途中看到了我。你没有好好看路，被和你擦肩而过的服务生绊住。不过还好，你并没有摔倒，只是被绊了一个踉跄。你一边收拾桌子一边笑，而我却一直看着你。

你推开厨房的门进去之后，我耐心等待着，因为我知道你很快就会出来。

“中午好！”

“中午好！”

“你想吃点儿什么？”

如果我没有看到你的表情，没有听到你说话的语气，我会觉得这样的问法像是对待一位陌生的客人。我以为在正式点餐之前，你会首先跳出角色，然后小声地问我为什么在这儿。

“今天新开业，你可以给我推荐一下。”

“牛肚包、千层面、海鲜烩饭，这些倒是不错。你再看看菜单。”

“不用了，那就千层面吧，我来这儿可并不是为了吃饭的。”

“搭配呢？培根、水煮蛋还是火腿？”

“水煮蛋。”

“咖啡还是茶？”

“咖啡，不加糖。”

“好的，马上就来。”

我看着你一本正经地在纸上写着，不知道这样的奇怪对话要持续到什么时候，所以我不得不去做那个小声询问的人。

“今天忙吗？”

“还挺忙的，你看现在这个时间，还有几桌客人没走呢。”

“那你吃饭了吗？”

“哪有时间吃饭，要等客人都走了之后才能吃。”

“那我现在也不吃，等你一起吃。”

“这可不行，你是客人，我还得工作。”

“你不问我为什么来这儿吗？”

“答案显而易见。”

这大概是一种调情的方式，把许多繁杂的目的、明显的借口都藏起来，把心知肚明的答案也藏起来，认认真真地进入到当下的角色里，用看似完全不带情绪的语言进行对话，只是眼神不断变化，语气也极不自然，那些被极力掩盖的情绪就这样在空气中蔓延开来。但外人是看不见的，是不可能明白的，这永远只会发生在两个人共同构造的世界里。

等你把食物放在我桌上又再次离开之后，我自始至终都沉浸在一种奇特的氛围里，就像半夜从自己的房间窗户里偷偷溜出去过夜，又像在课堂上背着老师传递小纸条。总之，只有在特定环境下，这种营造出来的氛围才是真实有效的。

我没有摆动刀叉，偶尔看向窗外，偶尔观察你在干什么，我来这儿并不为千层面，所以也不在意它会不会冷掉。我只是在等其他人都走掉，然后你会坐到我的对面来。

“真是拿你没办法。”

当客人们走掉之后，你果然端着一碗千层面坐到了我的对面。

“看吧，我知道过不了多久你就会过来。你看，才半个钟头，我的咖啡仍然是热的。”

“像孩子一样幼稚，但你的面已经冷掉了。要不要我再帮你拿去厨房热一热？”

“不用了，一样好吃。”话没说完，我立刻拿起叉子吃了起来。

“父亲如果在这里的话，你就算等到天黑我也不可能过来，如果我过来了，指不定得被他骂成什么样子。最近两天一直会很忙，等我晚上下班之后再见面，或者等几天，餐厅不太忙的时候也可以。”

“好的，晚上见面也不错。”

“对了，我听人说这附近有一个废弃的剧院，你知道吗？”

“知道，很久之前我还去看过。小镇里愿意花钱去看的人很少，后来演出也慢慢变少了，最后废弃了。怎么了？”

“没什么，你说我们能进去吗？”

“当然，谁都可以进去。你想去探险？”

“嗯，总之过几天我想去看看，你和我一起去吗？”

“去，必须去。”

在我逝去的岁月里，从来没有哪个人会给我这样的感觉。这就像吃东西，以前的食物味道如此单一，比如车厘子酒，比如咖啡，比如千层面，突然某一天我尝到了一种味道，一种我找不到语言去形容的味道。我没有办法去用甜、苦、咸这些词来形容它，叠加组合也不行，自行创造也不行。我太想告诉别人这到底是什么味道，但是我没有办法，一点儿办法也没有，而这正是你给我的感觉。

虽说喜欢一个人不过是在喜欢一种感觉，尽管感觉这个东西也并不靠谱，会很快变化，但这并不是最重要的。最重要的是这种对我有效的感觉，其他人不管如何去做我都不可能会有。

每多过一天，我就更加了解你。在我们正式交谈以前，我以为你是柔软的、易碎的，但后来我看到你是坚硬的、直率的。在今天之前，我以为你是散漫的、无拘无束的，直到我看见你工作时的专注和认真。

我不知道，在这个世界上，一个人走进另一个人的内心需要做出多少努力，需要花费多少时间。有时候，当一个人真的付出了之后，也并不确定能否走进爱人的内心。但爱情就是这样，它引领我去做事情，不奢求最终结果。当我慢慢地把那些“我以为”的误解从你身上移走的时候，在最真实的你不断地浮现在我脑海的时候，我体验到前所未有的快乐。

四

南部高地是小站，列车会在此地停留一刻钟。因为健忘，我已经浪费了好几分钟。月台上只有一家杂货铺，在靠近出站口的位置，尽管并不远，但我必须跑着过去。此时上车和下车的旅客都已经消失了，这样的日子不会有太多的人出行。杂货铺里摆放着零食酒水，老板正坐在椅子上看电视，当他注意到我的时候，我已经拿起电话拨号了。

在等待电话接通的过程中我有些不安，毕竟在听到杰特的声音以前有太多的可能性。比如这个电话号码已经停用，或者已经变成了某一家快餐店的外卖热线，这些猜测在我的脑海中一闪而过，担忧在电话那头传来的声音会令我失望。

“你好，请问你是？”

“我是达西，是杰特的朋友，请问杰特在吗？”

“在的，请稍等。”

“嘿，达西。”

“是我，你还好吗，杰特？”

“我挺好的，你呢？我还以为你把我忘了呢。”

“我也不错。怎么会忘了，我正在去北部的火车上。”

“真的？你要过来玩吗？”

“算是吧。来之前我忘记联系你了，十分担心。但是现在没办法，我已经在路上了，正在南部高地的站台上给你打电话，你是不是还住在之前写给我的地址那里？”

“原来如此，我一直都在这儿。这是我家，我现在还住在这儿，估计明年就要搬出去住了。”

“那好，我到了之后直接去那儿找你吗？”

“你大概什么时间能到，我去接你。”

“如果我没记错的话，明天早上九点左右吧。”

“好的，那我们到时候见。”

“我能住在你家里吗？因为我暂时没有找到住的地方。”

我有些迟疑，毕竟这样贸然联系，又贸然过去，再提出这样的请求让我觉得很不好意思，但没办法。就像一场逃离，没做任何准备就来了。我可以到站之后再去找酒店落脚，不过如果能被朋友收留，或许我能待得久一点儿。

“当然，你可以和我一起睡，如果不习惯的话，我可以在我的房间支一张折叠床，垫上舒服的床垫。相信我，这样睡觉很舒服，假如你愿意的话。”

“当然，非常感谢。”

“好的，那你注意安全。你能来北部找我玩，我非常开心。最近我一个人待着正苦闷呢，等你来了，我们可以去滑冰或是登雪山探险。总之，明天见。”

“好的，谢谢你，我们明天见。”

这一切远比我想象的要顺利得多，我开始还构想了各种将要发生的可能，并对这些将要发生的可能做出诸多应对方案。毫不夸张地说，我还预先设想了那些不好的事情，比如打电话没有接通的失落，比如请求被婉言拒绝之后的沮丧。但这些事情都没有发生，事情在短暂的几分钟之内顺利解决了。我付给杂货铺老板电话费之后还剩下一些时间，我慢慢走回车厢，在空无一人的站台上，享受着美好的阳光，抽完了一根烟。

我想分享生活中的快乐给你，比如我一路走来的全部见闻。但当我真切感受到这些事情的时候，总少不了片刻的刺痛，就像我正听着那首我们都喜爱的音乐时，我下意识地想要把一只耳机塞在你的耳朵里，却发现你并没有在我身边。

我总是这样告诉自己，你已经在遥远的城市过得很快乐，等过一段时间，你就会回来，或是我在北部待一段时间之后，再去找你。总之，那艘船一定会把你安稳地送到彼岸，我始终这么想。

到了寒冷的地方以后，我觉得清冷的氛围会让我更冷静，至少不会反复让我陷入同一个夏天里出不来。我必须穿着厚厚的棉袄，围坐在火炉旁边取暖，昼短夜长，我的作息也会改变。即便我又掉进了回忆里，冷风也会叫醒我。我努力让自己对生命里那些未知的事物保有期待，如果我真的想活着，就必须去这么做。

不过在此之前，我允许自己是这样的状态：不去刻意避免将要发生的事情。因此我上车以后，我拿出那一本厚厚的日记，翻翻以前写的，然后再写写现在。我会拿出修好的磁带机，放一些我们比较喜欢的歌来听，我相信时间会很快过去。有时候，拥抱痛苦反而更让人坚强，因为逃避痛苦实在太辛苦。

现在离日落还有几个小时，当我把燃尽的烟头扔进垃圾桶的时候，却不合时宜地想起聂鲁达《二十首情诗和一支绝望的歌》中的第十首：

我们错过了这个晚霞。
今天黄昏没人看见我们手拉手，
那时蓝色的夜正渐渐落到天下。

从窗口处我看到了，

落日在远山的宴会。

那么当时你在哪里?
待在什么人中间?
说些什么话语?

为什么正当我伤心，觉得你在远方时，
全部的爱会突然而至?

经常在黄昏时分被挑中的书落到了地上，
像一条受伤的狗在脚下滚动了我的衣裳。

你总是、总是在暮色苍茫时分离去，
走向晚霞边跑动边抹去雕像的地方。

废弃的剧院在小镇东边，沿着市场大路一直往东走，路过公路边缘的那一家诊所之后就能看到了。剧院被茂密的树林围着，若是夜晚过来会觉得有些害怕。位置偏僻，或许也是它被废弃的原因之一。总之，几天之后我和瑞秋约好下午过来瞧瞧。自从剧场废弃之后，我再也没来过，现在它变成了什么样子，我倒是十分好奇。

四四方方的独立建筑，像一个大盒子，通体白色大理石砖堆砌，不过大部分石砖已经开始泛黄了。三扇红木对开大门，中间的稍微大一些，往上看则是三个红木扇形玻璃窗。沿着石阶走上去之后就到了门口，玻璃上满是灰尘，看不见里面的构造，还好门没有上锁，不然我们可能得想办法从窗户跳进去。我们推开门之后灰尘落了下来，映入眼帘的是容纳一百人左右的红色沙发椅，二层是环形看台，正前方是方形的舞台，幕布被拉到了两侧。

“达西，你以前来过吗？这儿看着还不错。”

“是的，还没废弃之前我来过这儿，还看了《罗密欧与朱丽叶》的舞台剧呢。”

“这可是我最喜欢的舞台剧，演员跳得好吗？”

“不知道，我觉得还不错，只是故事的结局太让人难过了。”

“这没什么，他们对爱和自由的追求以及表现出来的勇气足以让人敬佩了。”

“这倒也是，不过我们今天来这儿是为了什么？随便瞧瞧？”

“不，我想看看这儿的舞台还能用吗，我想在这儿练习跳舞。”

“你还会跳舞？”

听你这么说，我疑惑地反问。不用看也能想象出来，我当时是什么样子，眼睛睁大，嘴巴张开，一张非常标准的吃惊面孔。虽然我已经体验过好几次对你认识的震惊，但当我每一次看到和听到这些事情的时候，又完全做不到像平常那样冷静。你对我的吃惊并不在意，径直走向了舞台。

“舞台地板还可以使用，只要没有突然冒出来的钉子和已经腐朽的木块，清理干净之后会非常不错。”你在舞台上绕了一圈之后若有所思地说。

“好像有些不牢固，你走在上面我能听见吱吱呀呀的声音。”

“这没什么，废弃成这个样子，舞台还这样平整已经十分难得了。还好没有淘气的孩子进来破坏，这里总比外面的泥地要好多了。”

“听你这么说，我觉得也是。你是什么时候学会跳舞的？我太好奇了。”

“小时候我奶奶教过我一些，后来奶奶去世之后就没人教了。那时候，我想继续学习舞蹈，但父亲觉得太花钱了，学了也没用，没再让我学。”

“那你一直没有再跳？”

“后来，在学校的时候有舞蹈课，我经常去上免费的舞蹈课，自己也找地方练习。我来南部之后，一直没有找到合适的地方。”

“原来是这样，你还会跳舞，真厉害。”

“说不上厉害，只是喜欢罢了。”

你显露出谦逊的目光，对他人随意恭维明显感到不适，你似乎意识到自己说了太多的话，于是急急收尾。我不知道你是否同他人讲过这类的话，是否告诉过他们过去发生在你身上的故事。我总觉得你这样说，是对我信任的体现。

我们草草结束对话之后，你走向了旁边的楼梯，想去二楼看看。

楼梯是木质的，回旋往上走，并不太高。二楼依然是环绕着舞台的红皮椅，视野最好的地方有双人卡座，其他座位是和一楼一模一样的单独椅子。你四处看着，眼睛里有一种藏不住的兴奋感觉，好像这个破败废弃的地方是你梦寐以求的场所。当然我也明白，这里的一切，我看到的和你看到的或许完全不一样。

“你说这里的舞台追光灯还能用吗？”你指着三楼的地方问我。

“如果还没有断电，应该还能用。”

“那我们去看看。”

我们两个四处张望，试图找到去三楼的楼梯。我完全沉浸在你对这个地方的热情里，当时我并没有意识到，从一开始，从我把门推开的那一刻起，你冒险的目的是了解剧院，我冒险的目的是了解你。

从正对着舞台的位置往里走，我们发现了通往三楼的楼梯，顺利来到灯光控制室。我费了一番工夫之后，舞台灯亮了起来，需要人为操纵的追光灯也亮了起来。

“没想到它们还能用，下一次来我带上水桶和抹布，把舞台清理一下。”

“我也和你一起来，只要你想来，随时都可以。”

“谢谢你，达西。”

我还没来得及回答，你双手绕过我的双手，轻轻地抱住了我，给了我一个拥抱。我还没来得及反应，你已经把手松开。我开心得愣住了，脑袋里一片空白，只记得你头发上发出的特殊香气。如果可能的话，我想变成一阵风，在清晨吹动旗子，在黄昏吹动草地，在湖边的夜晚吹乱你的发丝。

“下一次我们来的时候，如果你愿意的话，可以做我的打光师。”

“当然，我当然愿意。”

下一次我们再来，我就能看到你跳舞。下一次是什么时候？是明天？是一周后？还是再过一个月？

你知道吗，我永远都有无数个问题想要请教你，而这些问题只有你才能给出答案，但我没有说出来，而是把它们小心地藏起来。我对你永远有好奇心。你不要担心自己不够好不够有趣，我一定是这个世界上最害怕你离开的那一个人。

而明天对我来说，仍然是一个非常遥远的词，哪怕事实上它很近，近到一觉醒来就到了。我尽量让自己不要去想，不去想象我们的明天会变成怎样，会不会接纳彼此。现在已经够好的了，我这样告诉自己，此刻就很好。

我常常在想，到底怎样做才会让我们的关系变得更好一点儿，才能更进一步，这样我就不至于笨手笨脚地把一切弄糟。我知道在我们的关系变得亲密之前，表达比情感本身更为重要，如何用你喜欢的方式去推进、如何把握一个合适的节奏，都是非常重要的事。

我不想怎么随意怎么来了，因为此前我曾有过随意去做而把关系搞砸的经历。或许我太在乎我们之间的关系，所以我很怕，怕死了。

好在这一次，有你在和我一起做这件事，从那一个拥抱里我确信我得到了这样的暗示。有你和我一起敞开心扉，你来我往地回应。

尽管我确实怕，但也没那么怕了。

第三部

五

傍晚时分，我躺在列车包厢床上，望着窗外发呆。只要耐得住寂寞，不怕这种无聊的时刻，任何人都可以像我一样。我目睹一天中自然光线的明暗变化，内心假装毫无波动，只是静静地望着窗外的世界。

如果我足够坚强，或是真正做到内心毫无波动，我就不会有意无意地朝着行李的方向望去，也不会陷入矛盾和两难之中。

“要不要再听一次曲子？要不要再看看日记？”我反复去问自己。

事实上，一旦我内心动摇之后，我必定会从行李中拿出那台磁带机，那台从始至终只播放一盘磁带的磁带机。我戴上耳机，按下播放键，埃里克·萨蒂的《Gymnop é dies》三部曲便会缓缓地在我脑海中流淌，当第一个音符响起的时候，我会很快回到记忆中。

记忆深刻的事情就是这样，一个人向另一个人分享自己的兴趣，这种兴趣很快便成为另一个人标签式的烙印。我每次听这首熟悉的曲子，都能想起你来，想起你绘声绘色地告诉我，你在某一次路过音像店时听到了这首曲子，从此直率狂妄、天赋异禀的萨蒂便成了你最欣赏的钢琴家。

《Gymnop é dies》（吉诺佩蒂），源自古希腊斯巴达祭祀太阳神的祭典，意为年轻人赤裸着身体在神殿前献上神圣的舞蹈。

裸体歌舞，若不是我在资料上看到这样的解释，我永远都不会相信这首曲子的意象是这样的。我始终记得当时我们坐在水井边，把脚放进水井里，即便日光照射一整天也不会让井水的清凉消退。青苔沿着水井边的石头边缘长上来，透过水波去看，青苔绿得更加富有生机。远处的溪水缓缓流过，石子被流水冲刷得光滑如油。在我的记忆中，当时的画面就是这样。

我们戴着耳机，在我分不出这三首相似曲子的不同之处时，你告诉我你最喜欢《Gymnop é dies No.1》。后来，当我终于分得清的时候，却忘了告诉你我也是。

在我送给你聂鲁达的诗集之后，我读给你听我最喜欢的几首情诗。

翻开这本关于你的日记，我看自己看得更加清晰。我看到我曾经因为不懂得如何更好地去表达爱而饱受过的种种痛苦。

我不知道我们最近的距离是在哪一个时刻，我甚至不知道我们是否曾有过非常靠近的距离。

当我看到我自己，看到我已经可以独自迅速去平息那些复杂交错的、剧烈袭来的、狂喜或绝望的情绪的时候。我感受到自己从未有过的冷漠，就好像是一个完全陌生的人寄存在我体内。

即便是这样，我还是清楚地知道我仍然最在

意你。可是我又越来越不太懂该怎么去把握好这个程度，该怎样很好地传达给你这个讯息呢。我问住了我自己。

大概也是因为这样，所以我才常常几近失控，常常试图去用一些其他人表达在意的方法来表达我的。如此不自然、笨拙又可笑。

我开始感受到慌张和恐惧。因为我实在不愿意由于我单方面的自相矛盾和过度思考，从而导致自己可能离一个我明明最想要靠近的人，越来越远。

我忘记了当时为何要写下这样的话，或许只是因为我胡乱思考才写下的，不过，我的健忘会经常拯救我。

日记本夹层里夹着我第二次离开南部时你亲手交给我的信，你告诉我，在离开的途中才能看，要好好保存起来。黄色的牛皮纸信封上是用钢笔写下的“To Darcy”，封口用的是刚煮好的米，你告诉我找不到胶水，只好用这个代替，让我不要介意。当时我没有忍住笑了起来，现在想来，以后再也无法遇到一个用米饭当作胶水的人了。

嘿，达西：

在知道你要离开之后，我开始变得难过起来，即使你不去很远的地方，即使你很快就会回来。在那一刻我才突然意识到，在我心中你已经和其他人完全不同了，哪怕此前我从未告诉你。

小时候，只有奶奶对我最好，我父亲更偏爱我弟弟，母亲无能软弱，她无法在父亲斥责我的时候保护我，她并不能真正走进我的心里，她不了解我是一个怎样的人。正因为这样，我讨厌变成母亲那样的人，于是我开始变成一个刺猬，不让人轻易看到我的脆弱。

当我知道我家要搬来南部时，我并不开心。虽然我喜欢这里的气候，但搬到一个陌生的环境里去，重新再去结交朋友，我不太乐意，毕竟信任一个人对我来说并不是件容易的事。

后来我们到了南部，我第一个认识的人就是

你。当时，我看到你在树下睡着了，我想要走过去。我保持着戒备，因为我并不知道你是一个怎样的人。后来的事情你都知道了，在南部遇见你，真是非常幸运的事。你陪伴我的这些日子，让我无比开心。

告诉你这些我无法亲口对你讲的话，只是希望你知道，我接收到了你试图传递给我的讯息，而我也并非像我表现出来的那样镇定与不在意。因为我过去所经历的事情，让我无法轻易地交出真诚的心、交出完全的自己。我需要用更多的时间积累勇气，才能把过去的尖刺拿开，露出柔软的肚皮。

我无法轻易说出“爱”这样的字眼儿，但这并不代表我就没有产生相对应的感情。

或许等你回来之后，我们可以一起去爬一次山。南部群山围绕，我们居然没有去山上看过一次。在视野开阔的草地上野餐，我想一定非常不错。

祝旅途愉快，一切顺利。

瑞秋

读完这封信的时候，眼泪已经偷偷往下落。我不知道该拿自己怎么办，也不知道该拿你怎么办，我无法接受这个事实，无法接受你已经不在我身边这个事实。我更愿意相信你终有一天会回到这里，让南部的阳光重新充满生机。

但这样贪心却是无用的。

人这一生，如果对某个人产生真正的爱意，就已经非常幸运了，不需要，也不应该再去苛求更多的东西，比如希望更早或更晚地认识，希望在同一座城市，希望再多相处十年。

永远都不会有最好的时机，那些错过和假设的事情从来不会发生。在某一天里，我们相遇了，之后的无数次交谈，以及此刻的感受与记录，这些都是很好的，已经足够了。

每天，我都会自省很多遍，每过一天，我就越理解你爱我的方式。我在你留给我的这封信里得到了莫大的安慰。这样想来，你的“神奇法术”一直没有消散反而增强，可又安安静静地在那里，像每天太阳会升落，海水要涨退。

很快城市就要入夜，入夜之后我的情绪将更加泛滥，好在困意袭来，只要能够沉沉地入睡，生命就会加速自己的进程。我半躺在床上，把耳机摘下，把信小心翼翼地折好，然后放回原处。我闭上双眼，自作聪明一般预演今晚将要发生的梦，在南部群山上，在阳光被云层遮挡的地方，有一切代表快乐、美好、幸福的事物。

倘若我已经宣称了自己的脆弱，并献上我诚挚的眼泪之后，我希望悲伤不要再来找我。而除了知道列车仍在往前行驶之外，我并不清楚还能够发生些什么。我不愿意再看到自己在梦中哭泣的样子，在赶走饥饿之后，我渴望安稳地入睡，远离可怕的梦。

六

在剧院的一个拥抱之后，我的心再一次被瑞秋捕获了。或许她同样对我有些动心，人下意识去做的许多行为都可以反映他们最真实的内心。不管这个结论是否具有普遍性，总之我相信了。

她的长发仍然在风中飘舞着，眼睛时常发出坚毅的光，偶尔才会有柔软的感觉，不过这种感觉稍纵即逝。她戴的颈带，显得她细长的脖子更加迷人，颈带的遮挡反倒让脖子更具吸引力，她的手、她的肩、她美丽的双脚，也不例外。如果有下一次，在夜色正浓的时候，我应该在回家的途中偷偷牵住她的手，在她家门口告别的时候，我要鼓起勇气拥抱她一次。

我们不用口头表达来明确我们之间的关系，但也没到不说话就能心灵默契的程度。我要找一个合适的机会让她知道我对她的喜爱，或者下一次我们去剧院的时候，等她跳完舞之后我找机会告诉她。说起跳舞，我猜她跳的是芭蕾舞，其他的舞蹈我不太了解。无论是什么舞，只要是她跳，看起来一定特别美。

瑞秋搬来这儿已经快三周了，自从母亲介绍我去她朋友开的杂货店兼职工作之后，我很少有空在外面无所事事了。瑞秋父亲的餐厅生意越来越好，我们每天只有很少的机会说话，等我们各自回家时，天色已经很晚了。所以不能再这样继续下去，我必须找机会约她再去一次剧院。明天是周六，她应该会有时间。

“嘿，瑞秋，你明天有时间吗？”

晚饭后出来散步，是我们不知不觉中形成的一种习惯，不过偶尔也会遭到阻碍，比如加班，比如下雨。

“有，怎么了？”

“没什么，上次我们去剧院之后就再没去过，过了这么久了，我还没见过你跳舞的样子。如果有时间的话，不如我们明天就去，现在月亮这么亮，明天肯定是好天气。”

“可以啊，我正想明天休息，我要去练舞呢。每天都在工作，我都快忘了该怎么跳了。”

“你跳的是芭蕾舞吗？我猜你跳的是芭蕾舞。”

“到时候你就知道了。如果明天要去的话，舞台上都是灰尘，我们要记得带上水桶和抹布，不需要太干净，但至少得擦一擦。”

“这是自然，不用你担心了。我家有好几个水桶，大大小小的都有。我父亲爱打鱼，他网住了鱼需要拿桶来装，吃不完还得拿到集市上卖或是送人。今晚他又去了，不知道收获怎样，如果幸运的话，明天我能送给你们家几条鱼。”

“听起来不错。”

“明天说定了？”

“说定了。”

说定了，我学着你讲话的语气，不自觉地在脑海里重复这一句。我总觉得你说出来的感觉和其他人不一样，或许是因为我心中做好了被你拒绝的准备，比如明天要工作，也可能是其他原因，但你却轻松地同意了，说定了。

这样一来，明天将是这五周时间里最让我期待的一天。除了跳舞之外，我还有其他计划，我要把我收藏的最喜爱的聂鲁达的诗集送给你，然后找机会表明我的心意。

我该怎么做才能让时间过得更快呢？我迫不及待地想要到明天，想要牵住你的手或是拥抱你。

父亲晚饭后不久便出门了，不知道是什么时候回来的。等我第二天早晨起来上厕所的时候，我看到桶里面装着好几条鱼，但并非所有的桶都用上了，不过答应要送给你的鱼绰绰有余。水有些浑浊，水龙头有节奏地往下滴水，这是最普通的滴水声音，你一定听过。

母亲告诉我，在我小时候，父亲刚有了打鱼的爱好，好几次捕获未果，最后终于抓到了不少鱼，急急忙忙分享给她看，小孩子一样的眼神和喜悦，是那种在喜爱的人面前想要展现出来的表现欲。现在，父亲打鱼后的激动已经被生活消磨掉了，打鱼成了生活中的日常，甚至成了争吵的导火索。人们在相处多年之后，爱这种东西会变得模糊不清，最后变成习惯，或是陪伴，又或是别的什么东西。

我还年轻，并不完全懂。

在与他人的相处过程中，我发现自己变得越来越难以体验到感动。当我意识到这一点的时候，我很害怕，我怕我变得彻底麻木。于是，我更加想念你，我不得不去抓紧这唯一可以触动我的力量来让我相信自己还活着，作为一个普通平凡的人还活着。

而我作为一个与父母共同生活的人，看到很多家庭琐事发生，我认为我会被这些事情触动到，一定是这样的，但是我没有。如果有机会，你也愿意听的话，我会告诉你全部的事，告诉你我是怎样长大的，告诉你我记忆中的一系列奇遇。

我从外面把水打来的时候，瑞秋正在调试那台具有外放功能的磁带机，比我随身携带的磁带机更大，功能更多，它有两个黑色的网状音箱，中间是透明的放置磁带的地方。舞台旁边是她的白色舞鞋，精致秀气，缎面足尖鞋，果然是芭蕾舞，我猜得很准确。阳光斜照在舞台上，细微的灰尘在光柱中间无规律地飘浮，用扫把清扫一遍，再擦拭两次就会干净很多。

为了不被发现，我把一起带来的诗集用灰色的绒布包裹之后，放进斜挎的帆布包里。擦完最后一遍，舞台已经光亮如新，但还有些潮湿。不过在这样的天气里，舞台几分钟就会变得干燥。我坐在舞台边缘等待时，瑞秋换好了鞋，机器也调试完毕了。

萨蒂的音乐再次响起，钢琴声缓缓流出，乐声像水井旁的小溪流水，但会偶尔卡顿，带着杂音。瑞秋在舞台上把长发盘起来绑在脑后，米白色连体吊带裙，灰色束腰系成蝴蝶结，一如往常的绿宝石颈带以及刚好合适的柔软舞鞋，这一身打扮显得格外精神。我坐在右侧观众席，看到她在台上旁若无人地随着音乐舞动，手臂灵动弯曲，双脚轻松踮起，偶尔交替，仰着头如天鹅飞起，偶尔俯身，又如蜻蜓点水。即便是跳跃旋转时也优雅万分，她没有过度炫耀技巧，刚好把握偏移的距离。

我看得出神了，全然忘记了已经答应过你却又多此一举的打光任务。根本不需要我帮忙，她已经在我眼中变得如此耀眼。当我看到她沉浸在自己的舞蹈中时，我发现自己比此前任何一次都更加动心。人作为独立的个体，通过热爱的事物造就了一个全然属于自己的世界。当她在台上舞动时我就知道，即便观众只有我一个人，甚至没有观众，她都会散发特殊魅力，变成与真实世界里的瑞秋完全不一样的人。

“跳得真好，我从没有看过比这更美的舞了，今后也不会。”我一边用力鼓掌一边对她说。我知道她一定不会当真，无论我多么真心，这种话听起来会让人觉得太流于表面。

她停了下来，音乐仍然缓缓播放。

“是吗，只怕你早已经习惯说这种客套话。”

果然，意料之中的讽刺回答来了。

“也许是吧，但我是第一次和别人说这样的客套话。”

“在听到萨蒂的曲子以前，我用非常经典的芭蕾舞曲进行练习。但听过他的钢琴三部曲以后，我一直都用萨蒂的曲子。我不知道我现在跳的舞蹈还是否是传统意义上的芭蕾舞，毕竟我很久没有接受系统专业的训练了，但当我跳的时候，却常常感受到忘我的快乐。”

“不用在意那些，真正重要的并不是那些形式。从你的舞蹈中，我看到了你展现出来的真实情感、灵动变化和旁若无人的沉迷，我觉得这些更加重要。”

“谢谢你，达西。谢谢你为我做的一切，包括这个舞台。”

“不用客气，这是我的荣幸。”

每当这种时候，氛围就开始变得微妙起来。我会被自己对你的爱意冲昏头脑，上一次拥抱到底意味着什么？这一次令人泪下的感谢又意味着什么？要如何去做才能不会错意，我可能永远都做不到。倘若我不怕失去你，倘若我们不是每天都能够见面，我或许能大胆地把心里话讲出口。但现在并不是这样，我害怕自己因为提前说了不该说的话，破坏了我们之间的关系。

如果当人们问起，这个世界上是否真的存在正确的时机？又或者换一个说法，这个世界上是否存在能够被人恰巧把握住的正确时机？我想答案一定是否定的。

回去的路上，我帮你拿着磁带机，双手便没有了空闲，左手提磁带机，右手提水桶。和你牵手回家的计划要失败了，就算我没有拿着这些东西，我也不确定我敢去这样做。如果我做了这样的事之后，换来的是你眼神中的惊恐和厌恶，我是无法想象这种后果的。诗集在挎包中晃荡，我每走一步它便轻轻地拍打我的身体，就像我此时动荡不安的心。

“机器我来拿吧，快到家了。”

等你说完好一会儿，我才反应过来。

“那个废弃的剧院总算有点儿用处了，现在它算是我们的秘密基地了吗？”

“算，当然算。”

“那个……瑞秋……”

“嗯，怎么了？”

我在犹豫到底是轻轻拥抱你之后就快速跑开，还是若无其事地把书送给你。

“上一次你送给我你最喜欢的钢琴家的卡带，这一次我要送你一个东西。”

“真的吗？什么东西？”

“我最喜欢的诗人是聂鲁达，这是他的诗集《二十首情诗和一支绝望的歌》，书中有一些过于直白的语言，但整体上，语言仍然很美。我最喜欢其中的第十首情诗，下次有机会，我会给你读一读。”

我手忙脚乱地从包里找到诗集，今天我能做的事情也只有这个了。

“太好了，谢谢你达西，我会好好读的。”

我和你只相处了五周，我不能说太多话。情感应该随心表达而不用克制吗？无论克制情感正确与否，总之我已经做出了选择。我想如果我们相处的时间再长一点儿，我的底气会更足一些。如果我们相处的时间长了，那我应该怎么做呢？是写一封长长的情书，还是面对面袒露心扉。

最终答案，只有当那一天来临的时候我才会知道。但我没想到的是，这一天来得居然这样快。

周末的时候，杂货店里的生意很好，说是杂货店，其实是一个主要售卖食品、顺便卖一些杂货的便利店。当时我正在仓库里摆货，这样的苦力活主要是我来做的。我偶尔会去柜台收银，但相比那些与人频繁打交道的工种来讲，我更愿意一个人待着。那时候，母亲也在市场上工作，除了闲暇时缝制毛毯之外，她主要在一家私人服装定制店里当裁缝，有时工作轻松，有时忙碌起来常常需要连夜赶工。

“达西，我得告诉你一件事情。”

母亲到店里的仓库找我，看母亲的样子，应该是有要紧的事情。

“怎么了？”

“你姑妈受伤了，下雨天家门口的木楼梯太湿滑，她走楼梯的时候一不小心摔了下去。”

“那现在姑妈怎么样了，严重吗？”

“现在已经从医院回家了，虽然不太严重，但至少需要休养一个月。还好，事情发生的时候她的邻居听到了动静，不然你姑妈孤苦伶仃一个人，后果不堪设想。”

“她现在有人照顾吗？我们应该去看看她。”

“是的，我来找你就是要说这个事情。现在请了护工照料她，但还是亲人陪在身边稳妥一些。你知道你姑妈的性子，外人来照顾，她肯定不会有好脸色。”

“我们什么时候去？父亲也去吧？”

“最近店里客人定制了几套成衣，需要赶工完成，我这两天都抽不出身来。明天你和你父亲一起去，过几天我再过去。我和你们店长说一声，你请一周的假。”

“好的。”

得知姑妈受伤的消息之后我很难过，虽然长大之后我很少去她家里，但并不能削减她在我心中的重量。姑妈是胖胖的、勤劳能干的中年妇女。在外人看来她有些难以接触，俨然一副很厉害的样子，实际上她是一个内心善良、温柔的人。

姑妈结婚之后一直没怀上孩子，后来去医院检查，却被医生告知无法生育。她和姑父打算在孤儿院领养一个孩子，但这个决定实施之前，姑父便跟着其他女人跑了。姑父没有说为什么，也没有去离婚，总之就是这样不管不顾地消失了。直到现在，姑妈也没有再去找新的伴侣。当时我还小，常常在暑假时去她家玩，一直以来，姑妈都把我当作自己的孩子看待。

除了为姑妈担心之外，我也为我自己担心。这是瑞秋来到之后，我第一次离开南部，在本来就相处不长的情况之下，我要离开一周的时间。我不知道她是否会在听到这个消息之后难过，也不知道她是否会想念我。镇子上，除了我之外还有很多男生，会不会等我回来之后，她便交往了新人？离别还未开始，我便深深地害怕起离别来。

中午过后，我要回家收拾一些东西，下午再去买一点儿水果和食物带给姑妈。明天很早就要出发，父亲开车载我过去，路上需要两个多小时。如果在饭点之前抵达，就不需要麻烦护工做午餐了，父亲会施展他的厨艺，让我也托姑妈的福一饱口福。在家里，大部分时间都是母亲做饭，一旦忙碌起来，母亲也来不及做饭，我们就得各自草草解决吃饭问题。

我知道这时候你正在你父亲的餐厅里工作，也知道下午什么时候你在家。这次离开也是机会，逼迫我去做一些大胆的事情，不会再像上一次那样胆怯和犹豫。

南部午后的天空通常会有很多云，有时候云层会很厚，白得发亮，像一座悬浮在天上的大山。云层密集连绵在一起，它们心情好的时候会让太阳出来，心情不好则严严实实地把天铺满。风会在高空推着它们走，风是不可能停的，一切不厚重的东西都必须前进。但风总是一阵一阵的，你很难知道它什么时候会来，什么时候会走。所以，即便是风吹乱了你的头发，吹走了你晾在外面的衣服，你也只能对着它生莫名其妙的气。

人类只能捕捉到自己看得见的事物，所以人们不捕捉风，只是去感受它。不严谨地说，情绪是风，情感是风，大部分时候你对我来说也是风。

为什么这么说？这并不是说你是透明的，这对我来说永远不可能发生。将你形容成风，是因为对我而言，对很多与我有关的人而言，我总是花更多的时间去感受你而不是他们。

想到这里，我觉得自己已经做好了决定，抛开所有的担心，也不打算去做任何草稿，尽我所能把心里最想说的话说给你听就好了。

傍晚的时候，我邀请你和我一起出门走走，就像我们往常一样。等到一天的工作忙完之后，闲暇时我们彼此拿出时间，然后一起浪费。一天里面我总是偏爱这个时候，就像四季里面我偏爱夏天一样。说到这里，我突然意识到夏天马上就要过去了，不论过了多少年，每次夏天要结束的时候，我总会有一些难过。这种难过，在其他季节更迭时却不曾有过。

一直以来，我都不信人们口中说的全部都爱、一样的爱这种话。只要是人，只要有比较，就不可能将自己的感情等量均分，就一定会受到纯粹的直觉驱使，去偷偷把自己更多一些的在意，放在毫无缘由就非常喜爱的人身上。

但我会因为固执，因为不自信，总是把这种偏爱藏起来。虽然这种偏爱已经明显得不能再明显，但我还是选择不把我们之间的窗户纸捅破，绝不会在我们刚刚认识几天的时候，对你讲很多你可能听到就会觉得错愕的话。

我非常好奇你与其他人相处的时候是什么样的，好奇你在一段轻松的关系里又会是什么样的。我妄想着经过我的努力，我们的关系破冰之后，我们也可以走到那一步，也可以从彼此身上得到足够的快乐。

“瑞秋，我明天就要离开南部了。”

“啊？为什么？要离开多久？”

“我姑妈受伤了，我需要去照看她。一周时间吧，也不远，两个小时的车程就到了。”

“这样啊，希望你姑妈可以早日康复。”

我该如何表白呢，这一次无论如何也不能退缩，我这样要求自己。

“我送你的诗集看了吗？”

“看了，但还没看完，到目前为止，我和你一样更喜欢第十首诗。”

“是吗,或许等你看完之后,你最喜欢的仍然是第十首诗。”

“可能吧，看完了就知道了。”

“还记得我跟你说读诗给你听吗？”

“记得，你可别反悔。”

“等我回来以后，还是这个时间，我在老树底下读给你听，好吗？”

“听起来不错。”

“说定了？”

“说定了。”

到目前为止，我们各自的提议总是能够幸运地得到对方的应许。不知道你的应许是否与我相同，是打心底里的情愿和感兴趣？还是无关紧要的随意话呢？人类总是这样，无法遏制自己内心的贪欲，面对拒绝时只要能够接受就觉得满足，当接受了，又奢望这种接受是等价的用心。

我偶尔也在想，做人真的太难了，感觉自己根本没办法做好任何一件事。在很多次人际关系频繁的开始和结束之后，我已经不打算再抱任何希望了，却又常常在心快要冷掉的时候，那些我已经忘掉的细小碎片便开始在脑袋里走马观灯一般闪过，因为想起它们，想起你，想起你给我带来的鲜活和快乐而舍不得彻底放弃。

让我知道你会想起我吧，让我知道你也曾在某个瞬间落下过属于我的眼泪吧，不管你是不是地球两极海面上露出的巨大冰山，我仍然想要把你抱紧，仍然试图用体温去融化你。

“瑞秋。”

“怎么了？”

“你说，我们的关系是什么，是朋友吗？”

“对啊，我们是很好的朋友。”

“那等我回来之后也是吗？”

“为什么这么问？肯定是呀。”

“你应该知道我真正想问的问题并不是这个。”

“或许知道吧，不过我觉得我们现在这样也不错，难道你想用朋友以外的词来定义我们的关系？”

“虽然只有短短一周时间，但我会想念你的。”

“没事的，时间会很快过去。”

“如果我现在拥抱你的话，你不会立刻跑掉吧。”

“当然不会，我又不是小孩子。”

即便是我就待在你身边，也常常会躲进夜色里面再多看你几眼。我该怎样表达爱意，该用怎样的方式和你讲：“就这样一直下去吧，好吗？”太多次欲言又止，我讲不出口，因为我实在不愿意做一个占有欲超过爱的人。但是我很害怕你会像其他人那样，毫无征兆却又有迹可循地离开我。每每想到这里，我都会深深地多看你几眼，拥抱你更紧一点儿。

这就是我们第一次离别，如果不久之后还能见到你的话，就不能称为严格意义上的离别。当夜晚再一次吞没这座城市时，我们都活在同一个梦里。最终，我没有说出想说的话，倘若再有一次机会，我应该也不会讲出来。

沉静的深夜里，一切都好像已经死去，只有远处传来机器偶尔震动的声音。我盯着天花板，发现深夜黑得并不彻底，屋内仍会有从窗户里挤进来的点点光亮。我的作息时间在此刻完全被打乱了，我不知道是为远方的姑妈担心，还是为接下来的一周内无法见到你而难过。我早已经习惯了这种生活，习惯了在安静的时候清醒，在热闹的时候睡去，在此刻花三秒钟想你，在其他时候都嘴硬。

亲爱的瑞秋，我从来不以假面孔示人，如果我诚恳，我就是诚恳，如果我古怪，我就是古怪。很多时候我并不明白自己在说什么，但假如我不和你说，我怕忘记，怕情绪一过我就不愿意去相信。我更害怕如果现在不说我爱你，我明天就不会再说，以后就再也不会说了。我当然是个勇敢的人，也只有足够勇敢，才能告诉你我正在害怕的东西是什么。

第四部

七

列车在夏季的末尾抵达北部，而寒冷的程度却并没有我此前预想的那样严酷，只是在纬度升高之后，季节的更替往后推迟了一点儿。空气湿冷，建筑之间隔得有些远。不知道为什么，我总是好奇这里的人们见面会不会拥抱。不远处工厂的烟囱缓缓地吐着废气，树木的颜色变得很深。北部有一股奇怪的气息，孤独感是每一个抵达这里的人首先嗅到的味道。奇怪的是，我却没有感到一点儿不适，我感觉不到天气阴沉所带来的压抑感，我只是感受到了气温的降低，然后把厚厚的衣服穿在身上而已。

出站的时候，我看到了杰特，他和去年一样，没有太大变化，除了头发变长了一些，穿得更厚一些，一切都恍如昨日。

“好久不见，达西。”

杰特说完之后便拥抱住我，这让我的好奇心很快得到了满足。不知道为什么，在这样的环境下，杰特反而变成了一个热情洋溢像热带夏天里的人。

“好久不见，杰特！这是你的车吗？”

“不是，这是我父亲的车。我还没有能力买车，不过我在为此努力。”

“原来是这样。”

“旅途辛苦吗？我也坐过这么久时间的火车呢。”

“还可以，火车上人不多，很平稳，没有特别难熬。”

“好，那先上车吧，到家之后好好休息一下。”

他俨然一副主人的样子，帮我把行李放在后备厢，告诉我接下来的安排，让我提前知道到家之后会有热巧克力和舒适的毛毯。在路上，他和我谈论天气和适应问题，沿途的一切事物对我来说都是新鲜的。

我不明白，此刻的安心到底是北部给我的，还是这位善良而热诚的朋友给我的。看着窗外的街道巷口，我感受到前所未有的平静，平静到我无法把此刻的心情变换成一种狂喜。但我可以说，我的喜悦之中不再夹杂悲伤的情感基调，远处山峰的积雪、少有行人的街道使我平静。

杰特并不知道我和瑞秋的事情，只要我不说，他永远不会知道我来这里的目的是为了逃避从前的生活。但我却无法在真诚的人面前说谎，如果他在某个时刻随口问我，我想我一定会把真实的话说出来。一个漫长的故事，一个本身复杂而又存有缺憾的故事该用怎样的方式讲述，我丝毫没有头绪。

我不太懂该如何与人相处，我总是为了减少麻烦而不断隐藏自己。我习惯了孤独以后，时常觉得有些不妥，因为我发现自己在父母面前没办法成为一个真正的孩子，而在很多有可能建立起来的亲密关系面前，我又停下了脚步。

人无法永远活在自己的世界中，在有人愿意和我真诚交往的时候，我不希望搞砸，不希望沿用自己一贯的风格来消磨掉别人的耐心。

除了逃避过去的生活，我来到这里也怀着某种希望。如果我想交朋友，我首先要学会信任别人。不过不用着急，我在这儿会待一阵子。

我手脚冰冷，脸有些冻红了，我已经完全想象到了热巧克力的香味，现在最吸引我的东西就是热巧克力。

转过一个路口之后，我们就到了。

“叔叔和阿姨不在家吗？”进到杰特家里之后，我问。

“他们工作去了，中午不回来，晚餐比较重要，到时候就会有好吃的了。”

我点了点头，然后坐在沙发上。壁炉里的火已经灭了，屋子里也只比屋外温暖一点儿，我拿着毛毯把自己盖住。杰特已经去了厨房，他应该是去做热巧克力吧。

我环顾四周时，一只柯基犬不知从什么地方跑了过来，它靠近我，没有敌意，只是用力地嗅我身上的气味。我用手去摸它的头，它习惯性地往后退缩，我继续伸手往前摸时，它坦然接受了。它黄白相间的毛发长度刚刚好，眼睛里湿润着，我和它对视的时候，它的眼神里充满了柔软的试探。它两只大耳朵招摇地立起来，仿佛有一种什么声音都能听见的感觉。它走来走去时，我看到了它圆圆的尾巴和小短腿，转身背向我时，它可爱肥硕的白色屁股就露了出来。

“它叫 Avenue。”

杰特从厨房出来，把左手的一杯热巧克力递给我，白色的马克杯上缓缓地冒着热气。

“为什么叫它这个名字？”

“我知道你会问，它的名字并不是随便起的。Avenue 不是从宠物店买来的，也不是朋友送的，是我父亲开车经过森林大道时在路边看到的，当时它正躺在路边，看上去又冷又饿，已经奄奄一息。父亲把它带了回来，给它洗了澡，喂了食物，它慢慢地好转过来了。因为它并没有受伤，没过多久就恢复了。”

“原来是这样，不过它可真乖。”

“对，它太乖了，不会生气，也不会乱叫。不过它这样听话，是没办法看家的。”

我的手握住杯子之后，很快就热了起来。杰特把壁炉里的火重新生起来，这对我来说是一项新本领，我要学习一下。

Avenue 很乖地趴在沙发边的地毯上，我想要捋顺它的毛，靠近它。我很想知道，它是一直都这样乖，还是被杰特一家重新拯救之后才变成这样。

如果它会说话，我很想听到它的回答。

父亲一言不发地开着车，我像往常那样坐在后座上。车窗开着，南部的风常常会卷着沙土吹进来。他偶尔要抽烟，我就会坐到座位的另一边。此刻，除了担心姑妈的伤势之外，我大部分思绪都被瑞秋的情感裹挟着，就像人坠落云端时，云层会自然而然地将其包裹住一样。

我现在已经陷入爱河，所以情感才会自动找上我，这是谁都没有办法的事情。

偷偷看完她交给我的信之后，我情不自禁地想着，拉开距离到底会不会让人更勇敢？其他人我不知道，但距离并未让我的胆怯减弱。我就像一个南部的怪胎，就像高大的椰子树林里生长起来的松柏，有时我会怀疑自己是否辜负了南部气候好不容易赋予我的热情，而这常常让我感到沮丧。

但看到信中有这样一个野餐的邀约，我又好像什么都不怕了。总觉得只要群山还在那里，距离就什么都不算，时间也什么都不算。人的思念和爱意将要像大地这样绵延千里，只要我们正各自走在路上，无论何时何地，彼此都没有真的断掉联系。

到姑妈家的时候正是午餐时间，我们果然在这样一个时刻到了。我不记得有多久没吃过父亲做的菜了，我也饿了，但按照目前的状态来看，要做好等待一段时间的心理准备。

我拿着礼物站在后面，父亲敲了敲门。很快，护工就把门打开了。

“维，好一些了吗？我和达西来看你了。”

姑妈的名字叫维多利亚，但父亲总是称呼她“维”，我从没听过父亲叫她的全名，或许从小到大都没有这样叫过。

“嘿，欧文，你们怎么来了？”

姑妈一边应和着，一边想要下床迎接我们。

“身体还没恢复，你别乱动，我们之间哪儿还需要这样客套。”

父亲轻轻地责备姑妈，但我知道这是一种关心，一种属于他与妹妹之间的特殊关心方式。

“萨曼莎没和你们一起来吗？”

“她工作忙，抽不开身，让我们先来，过几天她也会过来看你的。”

父亲和姑妈聊得很开心，我识趣地坐在了一旁。护工和我一样手足无措，于是她索性去厨房忙活了。

“达西，近来还好吗？”姑妈转而问我。

“挺好的，姑妈你身体现在恢复得怎么样了？”

“医生让我躺上一个月，我看他纯粹是在乱说，我觉得一周后我就能干活了。”

父亲听她这样讲，责备她：“医生的话当然要听，你以为你还是二十出头的年轻姑娘吗？”

“姑妈，这是我们给你带的一些零食水果，我放在桌上了。”为了让压抑的气氛快速过去，我首先转移了话题。

“好，你放那儿吧，你们来看我，我就很开心了，不需要带东西。对了，快到午餐时间了，你们坐着休息，护工正在准备午饭。”

“不用麻烦人家，今天我来做饭。”父亲一边说着一边往厨房走去。

没过多久，护工从厨房里出来，和姑妈说了一会儿话，离开了。

我不是一个擅长与人寒暄的人，即便像姑妈这样的至亲，我也经常会不知道说些什么。我说不出关心的话，很普通的对话从我口中说出来也会变得无比别扭，所以我总是选择保持沉默，在谈话中成为非常被动的一方。姑妈是从小看着我长大的，她不会觉得我这样的状态有什么不对。我想，这大概就是亲人之间的心照不宣吧。

“达西，你上一次来我家是去年吧。”

“嗯，是去年。”

“随意一点儿，在我这儿不要拘束，晚上你还住你以前住的房间。”

“好。”

“你们不会很快回去吧？”

“父亲明天就离开了，我没什么事情，可以在这儿住一周，等母亲过来我再回去。”

“这样好，有你们陪着我，我很开心。”

“姑妈，你台阶坏了，我这两天给你修好。”

“好啊，我之前还叫人帮我修呢，打电话了，但一直没见有人过来，太麻烦你了。”

“哪有的事儿，都是我应该做的。”

我和姑妈简单寒暄了几句之后，离开了姑妈房间，用等待吃饭的时间，我重新参观了一下姑妈的家。一层是客厅、厨房、餐厅以及与后院相连的走廊，二层有三个房间，姑妈住的房间稍大，有一个小阳台。我住的房间更像一个书房，而另一个房间则是客房。这样的住房面积对于一个几口之家而言太正常不过，但对于一个独居的人来说，的确算得上空旷了。

这里的构造没有变，进入我以前住的房间时，也没有久无人住的陈旧感，地板和桌面都被打扫得干净无尘，还是我去年来时的样子。我把半掩着的窗帘拉开，把窗户打开透透气。有时候，熟悉感会让我产生一种错觉，这里可能几十年都没变过，除了门口的木台阶。

偶尔我会好奇，姑妈独居着，为什么没养猫猫狗狗，毕竟很多独居的中年人都养了。她很热衷于栽植各种植物，在后院里种着树和花，在房屋以及二楼的阳台上满满都是盆栽。

我不知道她是怎样度过每一个孤独时刻的，或许她的内心世界远比我想象得更加丰富和坚强。

在这里的一周时间，我除了修缮已经损坏的木质台阶之外，还有其他事情可以做。姑妈家所在的街区离海滩非常近，徒步五分钟就能到达。在阳台上，我能够远远望到远处海天相接的地方，每到夜深人静时，能听到海浪拍打沙滩的声音。因为靠近海，天气经常变化莫测，在晴朗的下午突然暴雨倾盆，这并不是什么稀奇的事。

“达西，你在干什么？快下来帮忙，马上就可以开饭了。”

父亲可不会任由我闲着无事，尤其是在他需要帮手的时候。

因为姑妈不能下床，所以餐厅也理所应当地从楼下搬到了楼上。吃饭最注重的是一种氛围，在哪里吃不是最重要的。我一边把饭菜往二楼送去一边想，傍晚我要去海边看看，除了看美景，我还要记住看海的瞬间，用语言文字表达出来，借此把属于我个人的想念藏在里面，传达给相隔遥远却始终在我心里的瑞秋。

一周的时间算不上很长，对人的一生来说更为短暂。此时，我的爱正像爬山虎一样不断往上攀升，而距离却离你更远了。餐厅工作是否忙碌？闲暇时分谁会陪你散步？废弃的剧场你还会再去吗？又有谁帮你提那些重物？新人会出现吗？会不会比我更优秀更勇敢，会不会更吸引你的目光？离开你之后，我无时无刻不在这样想。

想念只是一个动词，如果看成一个句子，主语和宾语就是我的羞怯。如果还有更简略的方法可以把这个意思传达给你的话，我会很乐意尝试。

或许未来，当人类再次进化，人们日常的思想和情感表达不再依附语言文字，我们会像蜗牛那样，碰一碰柔软的触角就能知道彼此心里最真实的感受。如果真的变成这样，那些因为表达方式不够好而被夸大、被缩减、被误读的情感现象就会消失不见。也有可能，变成那样之后又会有新的问题出现。没关系，毕竟一切事物的推进都要冒一定的风险，与可预见的美好比起来，有风险并不算什么。

在这样的未来没来之前，在没有你的日子里，我要通过人类有限的表达方式，我要把我经历的、看到的全部美妙分享给你，就像我们从未分开过，你也一直在我身边。

我要在普通的日常生活中找到一些更好玩的事情，将它们分享给你，全部展现给你，让时光在快速流逝之前定格在意义非凡的瞬间。我试图用不一样的方式来让你感受到被爱，而我对生活的观察和探索，也仅仅只是其中之一。

考虑爱、考虑生活、考虑人际关系、考虑痛苦和快乐、考虑如何掌控自己，把所有的东西想上一圈儿，我开始觉得疲惫。我很清楚我考虑的这些因素，在我一觉醒来之后仍然需要面对现实，我最终逃避不了现实。但此刻，我只想考虑你、考虑我、考虑我们。

八

火光很快从壁炉里蔓延开来，像夏天里一场大雨过后瞬间长起来的各种菌类。杰特告诉我，在壁炉里生火并不能温暖整个屋子，壁炉安装在墙壁上，人们靠着火焰的辐射所获取的温暖很小，从烟囱里飞走的烟气带走了更多的热量。在北方，壁炉是家家户户必备的东西，就像沙发和床一样普通。在客厅或书房中，壁炉是非常重要的气氛制造者。

生火的过程很短，但需要注意和了解的东西并不少。先在炉架上放一块引燃木柴，然后把燃烧的木柴慢慢堆上去，一般来说不要超过七块。为了防止木柴在燃烧的过程中倒塌，在开始堆放时需要有一定的技巧。炉架下面放上木屑灰、旧报纸等易燃物品，点燃之后再把壁炉网罩放在壁炉口，防止火星溅出和木柴滚下。

晚餐时分，杰特的父母依次回到了家。杰特的父母有着北部人特有的克制，我们彼此问好，然后又各自去做自己的事情。我本身不太适应过度的热情，这种简单的彼此问候，反而把我的拘束感降低了。

杰特的母亲让我们在客厅里坐着随意聊天，她去准备晚餐。杰特的父亲和我们坐在一起，当我问到 Avenue 的故事时，他立刻来了精神，似乎这是他最有兴趣与人分享的经历，有着一股任何细节都不会放过的劲头。

不知道从什么时候开始，我迅速地融入这个家庭中，这是我此前不敢奢望的，总觉得我需要花很多时间去适应，去与人打交道。我应该变得主动一点儿，多多袒露自己。

没过多久，我们依次入座。餐厅在厨房旁边，餐桌是圆角长方形的白色木桌，杰特的父亲坐在餐桌尽头的主人位，杰特与他的母亲相对坐着，接下来就是我。桌上除了营造氛围用的白色蜡烛以外，摆放着满满的丰盛菜肴，食物的香气迅速充盈了整个房间。看着这种盛情款待，我的局促感很快又浮现出来了。

用面粉酵母和白色熏肠、蔬菜、香菇一起搅匀的黑麦汤看起来浓稠香甜，热气不断地往外冒着，杰特的母亲帮我盛了一碗，然后配上水煮蛋和几片熏肠。旁边的白色圆盘里装着以奶酪、洋葱、马铃薯为馅儿做出来的鲁塞尼亚饺子，这是我整个晚餐中最喜欢的食物。我第一次吃到这种馅儿包的饺子，于是我不断地称赞。除了坚硬无味的全麸面包以外，配着酸奶酪和卷心菜的土豆煎饼也不错，裹着面包屑的炸猪排也很美味。

晚餐是北部人一天中最认真对待最放松的时刻，在愉快轻松的交谈中，时间缓缓流过。

你是谁？你过去经历过什么？你来到这里要做些什么？这些问题，没人会强迫我给出答案。我不知道这是不是作为一个远道而来的客人所受到的特殊优待，大家的故事看似正在发生，但又没有更深的联系，所以我才会觉得轻松、觉得一切都好。

“今晚你好好休息，明天我带你去周边走走。”杰特的话打断了我的思绪。

“好的，谢谢你，谢谢你为我做的一切。”

“这是什么话，我只是做了朋友都会做的事情而已。”

他拍了拍我的肩，示意我再多吃一点儿。

北部的夜晚总是来得更快些，我还没来得及见到黄昏，在去卫生间上厕所的途中就发现天已经黑了。我站在窗边，看到天蓝色正慢慢消失，建筑物里的灯开始各自发光，河流上的船只也亮起了灯。和南部的朦胧感完全不同，北部的空气更加干净，能看到的地方更远更清晰，当一切清晰起来以后，亲近的感觉便消失了。

我看到了云层，这是我第一次如此用心地去看黑夜里天空明暗变化的样子，我不知道那些光亮背后的世界是怎样的，是不是我可以抵达的。可是无论如何，我也还是希望有人能够发现我，就像我发现黑夜里的云层一样，看到它和天空的不同，看到深色背后隐藏的悸动。

晚餐过后，对于北部的人而言，夜晚的室内活动并不多，除了聊天之外，就是各自看书。洗漱之后我回到房间，杰特正在书桌前准备他的工作。杰特在一家面包店学习烘焙与甜品制作，他希望未来能够开一家自己的面包店，或是到高级酒店做甜点师。今明两天他已经请假了，因为他知道我会来这里，所以他明天会带着我熟悉周围环境。

我能够做点儿什么，我应该做点儿什么呢？我还没有想好，总觉得生活会给我一个答案。

按理来说，我不是一个允许爱情充斥我全部生活的人，可和杰特互道晚安之后，当我躺在这张舒适的折叠床上时，仍然无法入睡。每当我感觉难过，试图躲在被窝里来逃离这个世界时，对瑞秋全部的爱就会汹涌而至。相比起对未来仍然勇往之前，我更希望此刻完全绝望，什么都不在意，什么都不去管。

可是真的能做到这样吗？一次也没有。

于是我开始像以前那样，把辗转反侧的原因归咎到认床这件事上，这样的话，许多相似的境况就有了很好的解答。人会从过去所发生的一切里彻底走出来吗？这是我正在疑惑的事情，也是我无法作答的事情。

这个世界是否真的接纳过我？我时常在心里这样问自己，而当它成为一个必须要回答的问题时，我却不知道该问谁。于是，你会看到我是如何在诸多细节里去找每一个趋于肯定的答案：当生活难题总算迎刃而解或不了了之时，我觉得是的；付出努力然后得到回报时，我觉得是的；能用让自己最舒服的状态去生活，我觉得是的。

当我收集到越来越多的肯定回答之后，我便觉得事实就是如此，而事实是否真的是这样，还是一切都只是我的错觉？我不敢去细想，因为很多事情根本经不住推敲。最终答案，对我来说已经不重要了，又或许最终答案其实从未存在过。

每当有人试图让我相信痛苦只是自己的想象时，我都会对人与人之间相互接纳所存在的可能性失望一点儿。我不明白为什么当不理解的事情出现，很多人首先想到的不是去试着搞清楚事情发生的始末，取而代之的是很快否定它、忽略它、抹去它。

我不知道为什么总是这样，一旦我决定坦诚相待反而会被质疑更多。

我曾无数次面对已经失去你了这件事，不断去接受它，但我的爱总会悄然而至，当你的样子浮现在脑海中时我便无法责备你、无法责备我自己、无法责备任何人。

我只能问自己：事情变成这样，是因为我总是喜欢跟自己作对吗？是因为我总是想要得到某种高攀的爱吗？

想到现在的生活，我被杰特和他的家人用如此的善意对待，北部用天空和山峰给我安慰。生活如此惬意美好，我又觉得自己的悲伤像是故意让自己痛苦。

生命中的很多东西都在得到的同时也付出了代价，人们在拥有它时，获得很多快乐；在失去它时，也要经受同等的痛苦。

我不想再像以前那样脆弱了，再也不想了。

而你知道人又是在何时变得脆弱吗？是在每一次否定自己的真情实感却还以为这是自己变强大的时刻。

第五部

九

空气新鲜，毛伊岛的海风正劲，海风带着湿气和盐味吹过来。在月牙湾游泳时可以与可爱的玳瑁龟一起共舞，偶尔看到水底的魔鬼鱼也会稍稍害怕。乘坐游艇去拉海纳看鲸鱼，有虎鲸、抹香鲸、座头鲸、蓝鲸等等，通过船上的扩音器能够听到鲸鱼的呜呜声，有时会看到鲸鱼喷水，鲸尾扬波，但没见过鲸鱼冲出海面，然后重重地落下，掀起波澜壮阔的场面。

下午五点，在卡阿纳帕利沙滩看黑崖跳海仪式，表演者会举起火把从山下跑到岩石上点燃最高处的火焰，然后面向大海祭拜，接着是一轮一轮的跳水。仪式结束后，天边呈现出一个巨型云洞，夕阳从云洞里穿透出来照在海面上。而在另一侧的伊奥山谷，出现了彩虹。

太阳开始落山，天空的云彩逐渐被黑暗吞噬。目之所及的是火山、原始森林、平坦的公路以及点亮黑夜的篝火晚会。

这是我某一次看到夏威夷纪录片时所看到的画面，过后不久我便将它们变成文字写了下来，尽管我没有去过那里，但在想象中，一切都极为美好。

南部的海没有夏威夷海那样丰富多彩，但它们却如此相似。我时常觉得，潮湿闷热的地带会萌生出更多的爱，你可以看到阳光下金色的浪，也可以看到人们皮肤上的汗，海风触摸身体的感觉就像和最爱的人隔着一件夏日短袖衬衫拥抱。

尽管我知道，文字描述和电影展现的那些情感都经过了美化，也知道不可能去经历一次，但我确实向往。我不能因为发生的可能性太小，而装作一点儿也不在乎。

欲望常常把人吞没，想要的东西总是越来越多。大部分时候，人们为了适应这个世界，让自己变成了一个傻瓜，从而一往无前地奔跑，把敏感的神经磨得粗糙。我并不总是热情洋溢、充满活力，当我疲倦时，我会躺下来观察身边静止的事物，看光线如何从缝隙中照射进来。在某个时刻，当往事变成了一首歌，我也会哭泣，倘若没人看到的话，我很少会忍住泪水。我觉得落泪不是弱小的表现，落泪说明这一切都真实发生了，并不只是我的一场梦。

我用最笨拙的方式去靠近你，去了解你，哪怕此前我对这些统统一无所知，我也毫不惧怕。

你知道，我迫切地想要明白你，想知道什么才能吸引你，搞懂你的喜好与禁忌，尽我最大可能去感受你，这是我最耗精神也最情愿的事情。

当我因为情感苦恼时，我会告诉自己，千万不能迷失，要做好自己的事情。当然，我必须承认，这种告诫并不总是有效，但多少也有效过。

你曾用这样矛盾的方式爱过一个人吗？我经常会有这样的好奇。

以前，我认为“人类渺小，活着主要是为了领略痛苦的爱”。但是现在看来，无论事实到底如何，这样的说法都太残忍太绝对了。如果要我重新讲，我会改成“人类渺小，活着主要是为了感受惊奇的爱，顺便为了战胜附加的痛苦而努力”。

午餐过后我回到房间，在书桌上写信，饱腹过后的人会很快困顿，不知不觉我睡着了。记不起自己睡了多久，杰特来到房间里将我叫醒，问我是否要去海边看看，我一边揉着眼睛一边说好。窗外的树木在太阳底下放着光，极具生命力，不像我一样萎靡不振。

赤脚踩在沙滩上，走路的时候有些费力，从远处看海，广阔无边，颜色和我想象中的蓝色不太一样，它有一种极具透明感的绿，近处很浅，往天际线的方向逐渐变深。

海浪凶猛，常常会三五成群地出现，然后在墨绿的海面上画出一道道白条，席卷着泥沙快速朝我涌来。它们会绕过所有的阻碍，果敢地拍在沙滩上，散落平息。

我和杰特一前一后走着，没有过多交谈。我听着海浪声出神，而实际上这种无规律的嘈杂环境并不适合出神。有人打闹喊叫，有人开着沙滩摩托车呼啸而过，有人进行沙滩排球比赛，这种环境让我产生了一种周遭事物都在试图打断我思绪的感觉。

即便如此，我仍然可以在混乱中捕捉到大海的声音，捕捉到它深浅不一的呼吸，就像它明明存在了无数个世纪，却让人觉得前一秒与后一秒其实并没有什么不同，可是却在每次听到那些相似的瞬间时，又隐隐地感受到了某种全新的体验。

我沿着沙滩走着，保持不被海浪轻易打倒的距离。到了某处，沙石已经被冲刷得非常光滑了，我回过头去看在沙滩上留下的脚印，才发现仅仅只需要一次浪潮，脚印就能被轻松抹去。我心中知道，我曾真实地走过这段路，走到了这里。可对于他人而言，从来都是无迹可寻的。

人一生能体验几次真正的心动呢？我想次数应该不会太多。可人又是矛盾的，在一次次表白得不到对方回应之后，终于决定否定自己也曾真的动过心。

我们主动或被动地抹掉了很多痕迹，不惜花更多的时间填补沟壑，不管冲刷多少次，不管要用多久时间。但这一次我不打算否定了，我要握紧对你的心动，等短暂的情绪降临，接着又匆匆过去；等全部的时间将它们堆积在一起，然后把一时兴起变成长久的情感。等到这些发生之后，我才敢底气十足地对你讲，我的爱是真的很爱。

当我看到远处有个孩子拿着树枝在沙滩上写字时，我终究也没有逃过这种俗套。这像一种天真幼稚的感召，总以为我们写下的字会被上帝看到。如果写下的是愿景，就可以实现；如果是思念，就能够被传达。当你知道我在沙滩上写下你的名字时，你会嘲笑我吗？会觉得我笨吗？

我没找到合适的树枝，树林在很远的地方，于是我只好用右脚趾在沙滩上不太工整地写下你的名字，而在我快要写完的时候，一个浪头刚好打过来。我感到懊恼，只好跑到离海更远一点儿的沙滩上去写。没过多久，一波更大的浪头打了过来。

晚餐过后，夜幕降临，我再次来到海边。我喜欢看海，喜欢看藏在黑夜里难以辨认的海，喜欢看用相机无论如何都拍不出来的海。我看着白色海浪朝我涌来，看着冲上岸的泡沫逐渐消散，看着突然在我头顶绽开的烟花，火光照亮了海面，我真的再也没有办法去否认，我此刻无比想念你。

我想你此刻正走在我身边，虽然在光线暗淡的夜里难以看清你的脸。我想趁着海声巨大的时候轻轻说爱你，又在你问我刚才在说什么的时候笑着摇摇头。我们会一起坐在沙滩上看潮起潮落，我们会说起过去、现在、未来的事，或者沉默地陪伴对方，比赛解读风的语言。

海是世界上最大的水，暗藏最富有生机的情感。我想，如果把海变成一个动词，那也一定包括了爱的全部意义。当这一天真正到来的时候，我将把它放在我和你之间，组成我最想对你说的话。在这一天真正到来之前，我要努力去世界上各个不同的角落，去看不同的海。

每天，我会在沙滩上写下“我爱你”，每天都去，直到有一天，地球上最大的浪也擦不掉这三个字。

等我醒来的时候，杰特已经不在房间里了。他床上的被子没有叠放整齐，只是象征性地平铺了一下。这算不上邋遢，这一点和我很相似。我不明白为什么人们要把被子叠成块状，为了干净整洁吗？我觉得把被子叠成块状未必干净，这样做只会滋生细菌和螨虫。房间里窗帘没有被完全拉开，屋外的光并不刺眼，今天可能是阴天。墙上的时钟显示九点四十分，还不算很晚。

我穿好衣服出来洗漱的时候，杰特正在厨房做早餐。

“起床了？我也刚起不久，等你洗漱完之后就能吃早餐了。我不太会做，只会煎蛋熏肠加烤面包，应该不会太难吃。”

“没事的，我不挑食。”

Avenue听到了我们的谈话，从客厅里跑出来，它蹭蹭我的脚，在我身边走来走去。我猜这应该是它对我打招呼的方式，它可能是在说早安，如果我不给它一点儿回应的话也太不礼貌了。

“早上好Avenue，昨晚睡得好吗？”

我一边问候着，一边摸摸它的头。它似乎觉得很满意，我走进卫生间之后它没再跟着我，乖乖地跑去客厅趴着去了。

杰特家离市区并不近，如果要去市区一般需要开车或骑自行车，这对于在北部生活的人来说是非常正常的事情。这里的房屋独门独户，不像南部那样紧凑。房屋错落有序地坐落在山林草地里，即便是邻居，也并不会隔得有多近。

房屋后面是树林，里面有很多并不粗壮但却直立挺拔的树，看不出树龄，但可以感觉到这些树有些年头了。除了家门口的路平坦之外，其他地方都是草地。远一点儿的田地里有一条灌溉渠，一架锈迹斑斑的水车正架在上面辛勤地工作着。

“你打工的面包店在附近吗？”我忽然想起这件事来。

“没在附近，面包店在市区里。镇子上面包店里的面包是店主自己在家里做的，品种比较单一，也学不到东西，市区里的面包店要更好一些。”

“如果去的话，需要花多长时间？”

“平时骑自行车去，用不了多久，半个小时就到了。”

“学习做面包好玩吗？我是说烘焙。”

“当然好玩，那是我的兴趣。我自己非常爱吃面包，我想做这样的事情，把更丰富、更美味的面包做出来让人们品尝。”

我似乎问到了他的话题点，他开始滔滔不绝地说起来。

“怎么说呢，学习的时候会很辛苦，因为烤箱很热，哪怕这样的天气下，也会汗流浃背。还要做很多杂事，比如搬运面粉、清洁厨房、准备物料等等，但每当做出来美味的面包，被人们买走，老师就会夸奖我，我就觉得一切辛苦都不算什么了。”

每个人都一样，平日里只会进行一些程序式的问答，其他时候更愿意保持沉默。可一旦遇到自己感兴趣的话题，表达欲就会突然变得强烈起来。

“听起来不错，真为你感到高兴。”

“你呢？有什么打算？”

杰特的突然反问让我有些手足失措，我真的没有认真考虑过这个问题。

“我呀，让我想想。以前我在便利店做过兼职工作，给镇子上的人修剪过草坪。虽然都是些琐碎的体力活，不过我都能做，但并不喜欢。要说兴趣，我喜欢写文章，但离作家可能还差得很远。我觉得，只要不用频繁地与人交际，环境够安静，这样的工作我应该非常适合去做。”

“是吗？这样说来，你可以去做图书管理员之类的工作。”

“或许我可以试一试，这里有不错的书店吗？”

“还真有，市区有一家比较不错的老书店，是一个性情古怪的老爷爷开的。明天你可以和我一起去市区看看，我可以带着你认一下路。”

我们漫无目的地走着，跨过并不是很宽的灌溉渠之后，我们沿着坡度低缓的草地继续往前走。在绿色的半山腰上，一架古老的风车伫立前方，风车底部是用水泥做起来的地基，靠上一点儿是木质的屋子，像一个瘦高的长方体，再往上则是扇形的顶，中间装有避雷针。风车的四个叶片对称分布，正在缓缓地转着。再往前看，海拔更高一点儿的地方又有一架风车也在工作着。不知道这两架风车，哪一架负责发电，哪一架负责推磨。

我正胡乱想着，杰特拍了拍我的肩，用手指向远处的山峰。

“你看到了吗？那一座山是我们这儿最高的山，虽然它并不是终年积雪，但一年里大部分时间都有雪。我曾经在冬天的时候爬上过一次，没到顶峰，但风景已经足够壮丽了。现在已经开始冷起来了，很快就要入冬了。如果你感兴趣的话，过不了多久就可以爬雪山了。相信我，如果去爬雪山的话，一定会是你生命中一次非常难忘又刺激的经历。”

听着杰特的话，我很快忘掉了风车的事情，望着远处的山峰出神。虽然现在离大雪纷飞的时候还有些日子，但我已经开始想象身处其中的场景了。在雪山上看日出日落会是怎样一幅画面？如果有人从山崖上坠落，又需要多久才能掉到地上呢？我总是这样，在不知不觉中思维开始跳跃起来，美好、古怪的联想相继出现。

“好啊，我无比期待。”

走累了，我们随意找一个地方坐下。杰特从口袋里拿出两包零食，递给我一包，看起来像是混合的什锦坚果。不用问什么口味，因为两包完全一样。我觉得这样很好，因为我并不是一个喜爱做选择的人。在撕开包装袋的过程中，我体验到了挫败感。我用手握着零食包装袋缺口的一角，沿着边缘快速撕扯，但此时包装袋仍是密封状态。我叹了一口气之后开始用牙齿咬，而杰特一边吃着他的零食，一边看着我的窘态不断发笑。

生活里诸如此类的事情真的太多了，比如断了一半拉环的易拉罐、在试图穿透饮品薄膜时弯折的吸管，以及无法完美撕开的酸奶盖。我把它们罗列出来，就像日常事务观察员在对生活进行研究之后做出来的一小部分汇总。想起我以前的种种挫败，或许根本就谈不上挫败，更像是自己刚要生气时没憋住的笑。

随着时间的流逝，人内心的抗争，逐渐分化成两条清晰的线，一条是了解自己的能力，尽可能通过努力把事情做好。另一条则是接受既定的一切。人在成长过程中，不断地在两条线之间左右摇摆，然后慢慢地找到平衡。

相比起观察别人、探索他人的内心世界，我更擅长观察我自己。通过思考和探索，把与我相关的一切摆出来，然后才明白什么事情是我能做的，什么事情是我必须要接受的。

事实上，要平衡这两条线非常难。比如因为懒惰和不坚定，我会把计划之内的事情一再搁置，比如我昨天接受了自己与生俱来的那些弱点，但今天可能就又接受不了了，又会因为这些那些的心里落差而影响到情绪了。

我无法说到了北部之后我有多少改变，但当朋友陪伴在我身边时，轻松的氛围很快会被营造出来。我至今一事无成，感情也不顺利，但我现在已经很少去想那些不快乐的事了。我会刻意地让自己记住美好的东西，假装我从来都是一个幸福的人。

每一天的午餐都需要我们自己解决，于是我开始学着做一些简单的食物。因为等到杰特上班之后，吃饭问题完全靠我自己解决。其实这并不算什么大事，毕竟我不是一个在吃的方面有诸多要求的人。进食对我而言只是为了维持生命而不得不去做的一件事情。总而言之，这些都是小事。

不知道为什么，从外面回来以后我突然有很多话想说，我开始强烈地想念瑞秋。想起以前，我把给她写信当作记录生活和倾诉一切的方式，写信的形式都是一样的，写信的语气也从未变过。现在唯一不同的一点是，我再也没办法将这些信寄到她手中了。而这倒不是因为我所写的那些信本身会让我产生犹豫，只是因为我无法得知此刻她正在什么地方，我和她完完全全失去了联系。

亲爱的瑞秋：

不知道你现在是否过得开心，但不管怎样，我都希望你过得很好。

北部比我想象中还要好，但你肯定不会喜欢，因为冬天还没开始，这里的天气就早早地冷起来了。

如果我们有机会再见面，我会告诉你，到后来我变成了一个有很多爱的人，愿意给自己，也乐于给别人。我变成了一个拥有足够安全感的人，运气好的时候就真实开心，运气糟糕时也照样能站起来，并不觉得有什么，也相信一切都会变好。

我终于明白，自己不可能会是任何人的答案，所以我也不会要求什么，不会期望谁会是我的答案。人和人相遇，然后一起去寻找生活的真谛，找到了固然好，找不到也没关系。在寻找过程中体验和经历的一切才叫生活，有了生活也就有了爱，这是无论如何都比答案更重要的东西。

也许它们就是答案本身，又或者永远不可能是，我不知道。

对于这样一个偶尔错觉自己什么都懂的人而言，我其实很开心还能坦诚地来讲我不知道。但我又真正知道些什么呢？我知道雪山是可以攀登的，人是存在变好这样一种可能的，以及我还知道，人在面对自己时，坦诚始终重要。

我曾在沮丧和疲倦时怀疑一切，怀疑自我，怀疑他人，怀疑生活原本的进程。我觉得自己是一个被蜕去的壳，掉在泥土里被枯叶遮挡，自然的进化完全与我无关。后来我继续生活，发现过去的事情都变成了小事，也看到时间的确在把一切冲淡。我意识到，即便我仍然是那个壳，飓风也会吹起我，将我吹到海里，成为寄居蟹的家，又或是落在某个森林沼泽中，变成其他生物的庇护所。

最终，我开始相信每个人都值得，也将拥有无数种形式的新生。

无论如何。

祝好！

始终爱你的达西

十

姑妈的家充斥着我童年的回忆，从我记事起，从我成为一个对世界和他人拥有强烈好奇心的捣蛋鬼时，童年里大部分记忆就都在这里。有时候对我来说，姑妈家会比我家所在的镇子更像南部。我上小学的时候，每年暑假都会在姑妈家度过，因为我在这边交了不少朋友，而父母工作忙碌，没办法花很多时间陪伴我，也没人为我准备一日三餐，我只能在姑妈家度过我的童年。

姑妈家的楼梯并不长，也不复杂，没有这样或那样的回旋弯折，它只有七个台阶，但楼梯的扶手却很精美。楼梯两边的扶手立起来，如同创造了一个相对安全的环境，只要你扶着它，就不会摔倒。姑妈家承载了我太多童年的记忆，楼梯也一样。

彼时的傍晚，我坐在楼梯上等待美味的晚餐。从上往下数第三个阶梯是我最爱坐的位置，坐在这里能更好看到外面的事物，但又不会让我看起来特别显眼。有时候，我会坐在这里发呆，拿着随手捡到的石头在这儿刻字。我不知道要写些什么，只好随便画一些几何图形，今天画三角形，明天画波浪，就像远古时期的人们留下来的意义晦涩的文字，但我画得并不好，也没什么意义。

每当饭快要做好的时候姑父就会回来。他会在楼梯上与我打闹，然后拍拍我的头示意我吃饭，但我总是不听话，一定要继续坐在那里，直到姑妈有些不耐烦地再喊我一遍。我小时候就是这样，以故意挑战人的耐心为乐趣。我会和小伙伴们去破旧的房子里探险，会制作弹弓打坏人家的窗户。谁又能想到，一个人长大之后会完全变成另一个样子。假如不是此刻勾起回忆，我都快要忘了我也有过充满生机、不怕给人添麻烦的过去。

说到这里，我也想起那时姑妈并不是一个人过，她和姑父相处得十分融洽，幸福的生活同样包裹着我。而对于一个孩子来说，当他身处幸福之中，他不会去问为什么，也不可能去问为什么姑妈没有自己的孩子。当变故出现，当自己习以为常的幸福消失了，他才会去想为什么会变成现在这样，为什么姑父好久都没有回来，为什么姑妈会在深夜哭泣，为什么昔日里轻松愉快的玩笑都没了踪影。

人会在经历痛苦时得到成长，哪怕这种成长并不是自己真正想要的。

而这也就是后来我们每个人都变得和以前不同的原因。不光是我，每个人都是这样。“人都是会变的”，即便这句话现在听来如此俗套，可在年幼的我第一次明白这句话的含义时，其对我所产生的冲击至今无法忽视。毕竟我当时根本不明白，人心的变化会对一段关系造成怎样的伤害。

那时我只知道冰激凌甜筒如果不赶快吃掉就会融化，我以为一切都不会变，以为每年夏天都是这样，海也一样。

虽然我没做过木工，但如果真的去做，我也有足够的自信，何况修理这样的木质楼梯并不复杂。我自信自己能够修好楼梯，所以当父亲询问我是否需要帮忙的时候我轻松地拒绝了，故意把开工的时间拖延到他离开以后。这可能是一种成年以后的好强，越来越习惯去婉言谢绝外界的帮助。

七阶的木板虽然只有中间的三块被完全折断，但我想其他的木板应该也腐朽了，安全起见，我要把它们全部换掉。首先用羊角锤把木板上的钉子拔出来，然后把木板卸掉，再把新木板依次装上去。楼梯其实并不高，比起实际作用，它更多的是起到装饰作用，因为我们完全可以不走楼梯，从旁边越过楼梯就能到正门的走廊。

我原以为需要砍伐树木，需要对木板做测量、描线、分割，然后打磨边角、上漆、晾干，最后再安装。后来我发现自己想多了，原来姑妈早就有更换楼梯的想法，早早地买好了合适的木板，只是因为某种原因，再加上一连几天持续降雨，工人始终没来安装。我本以为会非常辛苦的工作忽然工作量骤减，修楼梯变成了一件用来消磨时间的杂事。我需要做的工作只是将老旧损坏的木板拆掉，然后把新木板安装上去就好了。

我不能寸步不离地陪伴姑妈，但我觉得能够实实在为她做一些事情，也是一种爱和在乎的表达。

天上的云层很厚，在这样的午后进行室外的力气活很适合。我用锤子敲击木板，使钉子露出一个头儿来之后才能将其拔出来。为了省点儿力气，我用手推车将七块木板一次性从后面的仓库里搬出来，却发现这样更辛苦，因为路并不平坦，而推车的轮子也不太好使。

我不断修理着，工作进程比我想象中要快很多。我既没有在搬运木板的过程中砸到脚，也没有在安装过程中敲到手指，很快我就完成了任务。看着新旧结合的楼梯，我的成就感很快消失了，取而代之的是一种突然而来的失落，就像一幢用记忆做成的楼，在风吹雨淋之后终究还是坍塌了，成为尘土，被人遗忘。

突然，我记起小时候阶梯上渗透过裤子的那种潮湿，记起每次雨后，它们都需要很长时间才会变干，除非第二天经历一场暴晒。记起每次姑妈看到我从楼梯的扶手上往下滑的时候，总要责备我几句。我不是活在回忆里的人，平日里其他事情占据了我的全部生活，记忆被压在心中很深的地方，时间一久，会觉得自己已经忘记了。所以每当记忆的画面重现，它就像洪水猛兽，像山峰的积雪崩塌。

“达西，你修理了半天了，今天修不完明天再修吧，到房间里休息一下。”姑妈的声音从二楼的阳台上传出来，虽然我听得不是很清楚，倒也理解了姑妈的意思。

“别担心！姑妈，我马上就弄完了。”我仰着头扯着嗓子喊着，生怕她听不到。

把工具收拾好之后我进了屋子，护工小姐示意我客厅里有洗好的水果，然后就进厨房准备晚餐去了。我大口喝完了一杯水之后，一手拿着梨子吃着，一手端着果盘来到姑妈的房间。

“辛苦，达西！”我刚坐在凳子上，姑妈就这样感慨。

“哪里的话，一点儿都不累。现在楼梯比以前结实多了，不会再害你摔倒了。”

“梨子好吃吗？”

“还别说，挺甜的。姑妈你要不要来一个？”说完我把果盘递给了姑妈，但她没有拿梨子，而是拿了一串葡萄。

“达西，你还记得你小时候的事吗？你小时候调皮得很，每年暑假都会到这里住，你可能都不记得了。”不知道为什么，姑妈突然开始感慨起来。

“当然记得，我怎么会忘呢。”

我们像是有某种感应，即便我装作若无其事的样子，但内心仍然难以平静下来。我不会因为姑妈此刻突然怀旧而觉得有何不妥，虽然我不知道原因，但我明白她，就像明白我在修理楼梯时的怀旧一样。

“达西，你知道我和你姑父是怎么分开的吗？”

“大概知道一些。”

“除了在受伤的那一刻觉得孤独之外，我现在很少因为过去感到难过了，也不会因为独自一人讨生活而感到难过。”

姑妈从未跟我说过这样的话，如此深刻用心的谈话是第一次发生。我有一种预感，她要告诉我她鲜为人知的心路历程。

“有没有尝试建立新的关系？毕竟人生还很长。”

我试探性地询问，想避免去重提那些糟糕的过去。

“当然有过。”

她停顿了一下，把葡萄熟练地剥开皮吞下。

“因为在你仍然年轻，至少还不算老的时候，如果独自一人，如果进行着社交，那么人际关系就会被建立起来，也一定会有这样或那样的可能。”

“可你知道你姑父对我的影响远远超出我的预料。我们从大学开始认识，之后开始恋爱，然后结婚，我们很少发生矛盾。婚后两年，我们都没有小孩，于是决定去医院看看，医生告诉我是我身体的问题。当时他告诉我，这并不重要，他觉得只要两个人相爱相互陪伴就够了，孩子对于他而言并不是非要不可。这之后的很长一段时间里，我都无法接受自己，我太爱他了，我知道他对孩子的喜爱，所以我无法接受这件事发生在我身上。”

“他始终陪伴着我，给了我全部的耐心，帮助我从痛苦中走出来。”

“当我终于从痛苦中走出来，决定去领养一个孩子的时候，他告诉我，他出轨了，另外一个女人怀了他的孩子，他不得不去负责任。我没问他为什么，也没有争吵和哭闹，甚至连一句挽留的话都没有。”

“很久之后，我开始理解他，也理解了我自己。”

“后来，无论我怎样去和别人相处，我都没办法相信他们的话。因为他们做出承诺时的样子，都没有你姑父表现出来的一半诚恳，也没有你姑父为我做过的一半用心。即便是你姑父那样的人，后来的故事你都知道了。”

看着她平静地讲出这些话，我一言不发。我看着她双眼注视窗外的样子，泛白的光将她的瞳孔打得更亮，但她的眼眶丝毫没有要湿润的意思。她一边说着，一边娴熟地把葡萄剥开，然后囫囵吞下，每一次的步骤都相似，每一步的节奏都相同。这些话，我觉得她没有跟第二个人如此说过，她信任我，因为她明白我是一个怎样的人，毕竟这一切发生的时候，我都在这里。可是为什么她能做到这样平静，平静到让我完全相信她已经彻底地跨过了那个阶段。

“姑妈……”

“怎么了，达西？”

“如果你想的话，我可以多待几天陪陪你，为植物浇浇水。”

“这里也是你的家，你想待多久都可以。不过我养的植物都很省心，不用频繁浇水。”

“你看，你又把我好不容易想到的由头拆穿了。”

正当我和姑妈的谈话变得轻松的时候，护工小姐上楼来告诉我们吃饭了，我很快跑下楼帮忙。不知道为什么，姑妈的话让我不断地想起瑞秋，让我觉得应该给她打一个电话。我心中突然升起的慌张感远比思念更为强烈，如果能听到她的声音，能知道她过得如何，我想，这种慌张感或许会缓和很多。

第六部

十一

除了杰特经常使用的自行车之外，仓库里还有一辆自行车，刚好可以让我用。那一辆自行车因为长时间没用，轮胎里的气有些不足，链条也有些生锈。杰特昨天想起来这件事，于是我们提前给车胎打了气，为链条除了锈，上了油。多亏杰特考虑周全，才提前解决了自行车不能骑的问题。

杰特因为请了两天假，上班之后等待解决的事情会更多。为了让师傅高兴，杰特希望早一点儿过去，不能迟到。我们早早地出门了，早餐也在他们店内解决。

一路上，我们沿着车道行进，道路两旁都是树林，密密麻麻往外延伸着。时间还早，雾气浓烈，穿过树林的时候，手背和脸上能明显感觉到潮湿感。我和杰特一前一后骑行，保持了一段距离，这毕竟不是一场竞技赛，何况我们还饿着肚子。除此之外，我还有其他任务，我要记住我们来时的路，因为这条路并不能直通市区。

我一边骑车一边环顾四周，担心在路上会不会突然遇到野鹿、野熊之类的动物。

“杰特，这条路上会有野鹿吗？”

我怕他听不见我的话，又用力蹬了几下车蹬子，一下子骑到了他旁边。

“这说不准，我听说有人曾经开着卡车经过，不知道从哪儿冲出来一头鹿被撞死了。”

“我觉得我们也会碰到鹿。”

“别管什么动物了，你别忘了回家的路。如果你觉得市区没什么好逛的，你随时可以回去。如果想多逛逛，那就等我下班之后我们一起回家。时间不会太长，天黑得快，我们天黑之前就得回家。”

“好的。”

杰特工作的面包店在一家餐厅旁边，餐厅此时还没开门。面包店不算大，但看起来却很气派。整个大门都是玻璃门，小门在右边，推开门之后，一股浓香的面包味扑面而来，我的肚子再一次饥饿起来。面包店的陈列柜里摆放着各种面包，比起那些甜味的奶油面包，我更喜欢咸味的玉米热狗和三明治。

我在落地窗旁的座位上吃早餐时，杰特已经在后厨忙活起来了。我猜他师傅还没来，店里除了在柜台收银的女生之外，只有一个与我年龄相仿的男孩忙活着。那个男孩不会是杰特的师傅吧？我暗暗琢磨着。

自行车锁在面包店门口，这样比较保险，没有人敢明目张胆地偷走它们。

我和杰特打了一声招呼就离开了，出门之后我才想起来忘了问他老书店在什么地方，但我已经走出很远的距离了。算了吧，今天随便逛逛，不一定非要去老书店，我心想。

市区里有一个中心公园，公园里人工湖的水很干净，但没有水藻。这里的建筑比南部更高，颜色更丰富，街道更宽阔，只是人很少。我不知道街道上人少是不是因为时间尚早的原因，会不会等到午后、等到夜晚降临时，这里会很热闹。无论人多人少，我走在北部街道上时，总会不自觉地跟南部做比较。

很显然，北部是一个发达的城市，连街道两旁商铺的装潢都透着一股富贵的气息，但我并不惧怕。我不讨厌北部的原因与它是否发达无关，我来北部是因为它足够寒冷。我可以融入北部人的生活，也可以不融入。

如果我渴望亲近感，我会留在南部。我现在已经不想了，自你离开之后我就没有再想过。

天知道这是一件多么麻烦的事情，把自己介绍一遍，然后再听对方把自己的介绍复述一遍。整个过程既考验人的表达能力，又考验人的理解能力，而在一次又一次的尝试和失败之后，大家的时间都变得少得可怜，每个人心上的裂痕也都清晰可见。

雾气渐渐散去，街道上的行人也陆续出现了。我并不想到公园里去，不停地游走让我有些疲倦，我选择了一条位置不错的长凳坐下，开始观察行色匆匆的路人，看装备齐全的跑步者从视线里闪过。我也不想摸一摸陌生人的小狗，然后煞有介事地感叹一句可爱。独处是一件好事。

我漫无目的地走着，到底应该去什么地方呢？还是书店吧，我这样想着，就像是一种心理暗示。绕过喧闹的街区，我来到一个相对安静的住宅区。巷子两边的楼都不高，最多三层。临街的店面并没有全开，除了一家正在进行营业准备的杂货铺之外，只有一家旧书店的门开着，门口摆满了各种各样的二手书。

这是杰特说的那一家书店吗？我觉得不会这样凑巧，但我仍然像一个普通的读者那样走进了它的大门。

走进门口之后，首先映入眼帘的是柜台，柜台背后是用两张大书架侧面做成的背景墙，墙上挂着一张巨大的油画，古董钟挂在象牙末尾的位置。柜台上摆满了东西，有装满笔的笔筒、工具收纳、胶水、草稿纸等等，显得很杂乱。

在柜台里坐着的应该是书店老板，一位看起来年龄与我父亲相仿的中年男人，头发往后梳着，胡子剃得很干净，看起来十分精神。他正在看自己手头上的书，注意力非常集中。我没打算和老板交流，准备安静地看看然后离开。

书架沿着门口两端往里延伸，形成一个闭环，除了规规矩矩地把书分门别类摆放好之外，柜台后面还用旧书堆起来一个圆形镂空的隔断间，而另一边是可供人坐下来安静看书的小角落。在最里面，有一个类似银行金库的保险门打开着，里面放着装帧更为精美的古董书，没想到这个不起眼的旧书店内部竟有这样的构造。原本只要两分钟就可以走完的空间，却让我花费了更多的时间去观察。

“您好，请问您这里需要店员吗？”我走到柜台前试探性地问。

“孩子，你想在我的书店里打工？”老板把书放下，眼神里充满惊讶。

“我只是问问。”

我没听出他的语气是戏谑还是只是询问，但我很快下意识地把打工的意愿降到最低。这很像人们在踏入成人世界之后无师自通的一种技能，是一种非常自然的行为。

“如果你想来工作的话，当然可以。只是我无法给你开出满意的薪资，你知道，如果真的想挣钱，我就不会来这条巷子开店了，更不要说开书店。”

“当然，如果我真的想挣钱，也不会来这里问了。”

老板哈哈大笑起来，就像人们只要把握好分寸去鹦鹉学舌，不但不会将人激怒，反而会将人逗得开心起来。

“不过，我还是很好奇，那你为什么来问我呢？”

“我也不知道。”我顿了顿。

“今天是我第一次来到北部市区，我朋友杰特在面包店工作，我要自己找点儿事情做。在我走到这条小巷之前，我不知道这里会有一条小巷，在进入你的书店之前，我也不知道这里会有一家书店。我站在这儿和你对话，我也没有想过。此前我只是想随意逛逛，然后安静离开。”

“如果一定要找个原因的话，可能是你背后的这一幅猛犸象图和里面的金库铁门吸引了我。”

在陌生人面前夸夸其谈，这并不像我的性格。我已经厌倦了孤独而沉默寡言的形象，已经不需要给自己一个理由逼迫自己改变了，改变已经发生了。我没有羞怯，也没有勉强，宛如一个从小到大就有话直说的人。

“你可真是一个古怪的人。”老板笑着说，“不过这是夸奖，我常常觉得自己也是一个古怪的人。”

“那你现在需要店员吗？”不知为什么，我像是已经知道了答案，然后自信地再次发问。

“工作很枯燥，但很轻松，除了整理归类书籍、打扫店铺之外，你还需要对客户卖给我们的二手书分类上架，这样的事情大概一周一次。有时候，我们会把一些合适的书捐赠给孤儿院或养老院。当然，我也会在店里帮忙。事实上，我以前也没雇过店员。不知道为什么，我觉得我们会相处得很好。”

“那我什么时候可以工作？明天？”我开始兴奋起来了。

“这倒不急，你刚才说你第一次来北部市区，还没有好好逛逛。你可以多看一些地方，再决定要不要来我这里。我像你这么大的时候，可不愿意在书堆里待着，我喜欢去滑雪，去赛车，去海边冲浪，去乘坐火车四处旅行。我觉得年轻的男孩应该这样，才没浪费掉青春。当然了，无论你何时来，我都欢迎。”

老板的话让我的冲动很快消散，我才意识到自己像一个孩子，一点儿也不理智。

“既然您这样说了，那我再想想吧。不过我希望您刚才的承诺都算数，不是糊弄小孩的客套话。”

“那是自然。”老板身体前倾，把手伸出来和我握手。

“我叫埃文，你叫什么？”

我走上前去握住他的手：“我叫达西。”

“达西，无论你因为什么原因，我仍然觉得外面的世界非常精彩，趁着年轻多出去经历体验，总是没有错的。如果现在就想休息，相信我，当你不再年轻的时候，你会有大把的时间来做这样的事。”

我听埃文这样说话，总觉得有些奇怪，似乎与他对话的人并不是我，而是别的什么人。在我好奇他为何不站起来与我握手的时候，我才发现，原来埃文坐的并不是普通凳子，而是一把轮椅。

与书店老板告别之后，我离开了书店，在原路返回的途中，我忽然明白他那些话语里藏着的奇怪感觉从何而来。我不知道他经历了什么，也不了解轮椅背后有怎样的故事，但我隐隐觉得，他对我讲的话不仅仅只是为了说教。

夜色总习惯去用同样的方式撩拨人的心，但它却从不把意图挑明，就像人们在谈话中的暧昧语气，就像每一次你来我往时各自心照不宣的在意。

在前几天的夜晚，我们每天都通过电话进行交谈。为了不让姑妈产生怀疑，我总是说你是我的一个朋友，或者说我兼职的便利店有事情需要告知。如果在客厅里接电话，我会刻意控制自己讲话的音量，姑妈在二楼的房间无法听到我打电话。

瑞秋比我更辛苦，我第一次打电话给她，她根本无法在家中与我交谈，只能记上我的号码，跑去唯一的电话亭里给我打电话。后来我们约好，每天晚上八点，我都会给电话亭打电话。好在到目前为止，响铃两声之后电话都被接起，然后我听到了熟悉的声音。

无论如何，我都要感谢贝尔，发明了这样一个神奇的机器，把人与人之间的距离再次缩短。如果可能的话，我觉得我会握住他的手，把感谢之情语无伦次地表达出来，或是激动到拥抱，甚至亲吻他的脸。

每晚的通话都让我很快乐，比吃到可口的饭、看到美妙的风景都更加快乐。无论我们谈话的内容是什么，也不管电话固有的限制，谈话的时间不能超过十分钟，但只要瑞秋的声音在耳边响起，我都会觉得安心，从未如此安心过。

今夜当然也一样，这是我每一天里最期待的时刻，也是唯一期待的时刻。

“嘿，是我。”这是我从电影里学来的开场白，听上去会让人感到亲近。

“嘿，我今天差点儿就错过了你的电话。”

“怎么了？出什么事情了？”

我有些担心，毕竟夜晚的电话亭不是安全的地方。

“没什么，我出门的时候被父亲叫住，问我最近怎么总是这个时间出门。我花了些时间说服他之后才跑出来的。”

“我还以为你在外面遇到危险了，不过你父亲把你管得也太严了。”

“他就是这样，我都习惯了。”

“我后天就回去了。”

“这么快，我以为你要再过几天才会回来。”

“计划是这样，但母亲的工作提前结束了，等她来了之后我就能回去了。我们的野餐计划还算数吗？”

野餐计划是我始终惦记的事情，就像一个触手可及的承诺，挂在跳起来就可以摘到的树枝上。我日日夜夜地想着，只要我勇敢一跃就能摘到，我有这种自信。

“当然算数，我可不是爱说大话的人。”

瑞秋不甘示弱，我也不奢望她能好好回答我。我们就像两只坦桑尼亚赤尾蝎，在月光下跳起环尾的舞，在最终的爱意被完全阐明以前，总会有这样或那样的挑衅与危险出现。

“那个废弃的剧院你还去吗？我是说去练习跳舞。”我很快把话题转移。

“还去，不过不频繁，就去了两次。一是距离不算近，还得提着东西；二是每天下午都要去餐厅工作，没有时间。过一阵子我会和父亲说，让我早上或晚上工作，这样我就能下午去了。”

“生活就是这样把人拖累的，那些靠着兴趣也能养活自己的人确实算得上幸运了。”

“对，但即便是这样，我还是会坚持下去的。我未来要成为芭蕾舞歌剧演员。”

“一定会的，我有预感。”

我常常不由自主地鼓励她，这是我的心里话。无论这些话听起来是否诚恳，但当我说的时候，我内心都是这样想的。我看过她在舞台上的样子，虽然舞台并不算大，但我知道舞蹈带给她的快乐是无穷的。我要让她的这种玩笑话，再变得严肃和自信一点儿。

我非常理解她，就像她对我一样，每当我说起写作的时候，她便鼓励我去当一个作家。

“你姑妈现在好一些了吗？”她每天都会问我姑妈的情况。

“她好多了，已经可以起床了，偶尔需要我搀扶或护工小姐帮助，还需要一段时间就能痊愈。我觉得，人们的争强好胜最终还是会败给时间和血肉之躯。”

“你总是喜欢总结,只要身体慢慢恢复就已经值得开心了。”

“今天餐厅的生意怎样？有没有遇到像上次那样难伺候的客人？”

“因为下雨的原因，人们很少出门。生意不好的时候，我倒轻松了很多，只是父亲的脸上写满了不开心，毕竟他是老板。不过你说到难伺候，我就立刻想起那个客人恬不知耻的嘴脸。”

“所以说很辛苦，我想起你要面对那样的客人，既心疼又难受。谁能想到居然有人会把自己的头发拔下来放到吃了一半的菜里面，然后叫嚣着要赔钱呢？”

“要不是旁边的客人看到，指不定得闹成啥样。”

“不说这种让人不开心的话题了。对了，那我们什么时候去野餐？能不能我一回来我们就去野餐？”

“去哪里？我想想，后天恰好是周日。如果天气好的话当然可以，但如果下起雨来就没办法了。”

“这倒是。”

“你上午能回来吗？”

“当然能回来，父亲会送母亲过来，到时候我和父亲一起回去。”

“我们各自准备些食物，你可别指望我全权负责。”

“这是当然，那我还是带车厘子酒吧？然后我再带一些小鱼干。”

“这还差不多。”

“瑞秋……”

“怎么了？”

“你说我们现在算是恋人吗？倘若被人问起的话，比如姑妈问我，我该怎么说？”

“那你想怎么说呢？”

“我想说算。”

“那你就照着你自己的想法去做好了。”

“好。”

“时间快到了，我得回去了。”

“好的，那你路上小心。”

“晚安，达西。”

“晚安，瑞秋……等等……”

“怎么了？达西。”

“没什么，晚安。”

挂断电话以后，我在客厅里坐了一会儿，然后回到自己的房间，打开笔记本快速地写起来。对于我来说，夜晚在这个时候就已经结束了。等到入睡以后，等到梦开始的时候，那就又变成了另外一个世界，梦不属于这个夜晚，也不属于我。这个夜晚唯一属于我的东西，是短暂的、已经结束的谈话。

无论在哪种关系里，无话不谈都是一个理想状态，而“理想”二字，也意味着它最终很难实现。好在我并不向往这种状态，当人和人之间真的什么都能去说的时候，这样的关系也不见得有多好。我觉得人与人之间，适当的留白与沉默都是需要的，而它们也并不总是消极的，也并非是为了把彼此推远，更多时候，反而会变成一种推进。

表达必要的爱意，保持必要的新鲜。这是个非常困难的事情，又是每个人都想尽力做好的事情。

我最后一句话的停顿，其实是想说“瑞秋，我爱你”，但我没有说出口，因为理智告诉我现在还不是时候。我说的“等等”两个字，不是让你等，而是让我自己等。

无论多么现实，生活又让我怎样难过，我都不会失去信心，我仍然会努力保持我盲目的爱和愚蠢的鲁莽。尽管这样曾吓退过不少人，甚至可能吓退你，但我还是决定带着它们往前走。当我路过冷漠，路过成人世界里的残酷法则，到了最后，最糟糕的情况也不过是我独自一人，就像我刚刚来到这个世界一样。在这个过程中，我始终都在得到，得到一切情感体验。这样想想之后，就不觉得害怕了。

我小时候，一种伴随着尿意的恐惧感常常会让我在夜里惊醒，而此时的窗外总是亮的。那时候父亲会在深夜出门打鱼，他出门和归来的时间不确定，而南部那时候还没有“灯火通明”的概念，即便现在也算不上，只是比当时好一些了。为了方便，父亲在院子里安了一盏灯，在他回来之前，灯会一直亮着。

那时我胆子很小，经常体验到心跳加速的感觉。你听我说得很轻松，但这种体验与长大之后在爱情里所体验到的感觉截然不同。在我小时候体验到的心跳加速里，没有暗藏任何羞怯、欣喜与期待，有的只是纯粹的恐惧感所引发的生理反应。

我总觉得在黑暗中有东西正在靠近我，很可能下一秒就要将我撕裂或是吃掉。我自己也明白，除了书桌、衣柜以及我还未收拾好的玩具，黑暗里并没有什么，天花板上传来的响声也只是老鼠在跑。

我告诉自己，它们无法真正伤害我，可恐惧感会将我的这种自言自语击得粉碎。

如果当时有人问我安全感是什么，我一定回答不上来。如果有被子裹着我，或是床靠着墙，我才会安心很多。

年幼的我实在太弱小，我生气的时候，大人们甚至只用一只手就能将我的两只手臂死死铐住，然后我会像电影中被关在监牢里的战俘那样，被人轻松提起来。

无论我如何全力反抗，现状都不会有显著改善，除非我成为一个有耐心且忍辱负重的人，等到他们疲惫，等到他们对我失去兴趣，我才会得到暂时的缓解。又或者我放下脸面，选择认输投降，否则我会一直处于束缚中，悬在半空。

从那儿之后我便明白，我没办法同世界抗衡，至少现在不行。有时候，我甚至会责备自己，为什么我不能瞬间长大？为什么我不能像他们那样？

在我知道长大的真相之前，“能够按照自己的意愿行事”，这对我来说就是全部真相。

长大之后是否就能真的做到这样？是否就不用感到害怕了？是否真的可以给自己足够的安全感？人们又将付出哪些相应的代价？这些问题对当时的我来说毫无意义，而我也来不及去问。

在初衷被不断革新的过程中，我逐渐长大，然后慢慢地爱上了睡眠和写作：睡眠是我逃避这个世界的方式，写作是我抵抗这个世界的方式。

我总觉得人在睡着之后，梦里是另外一个世界。不论梦境是美好还是可怕，我们都能在一天之中不算短暂的时间里全身心投入进去。现实生活中的变化和挑战，可以等醒来之后再说。比起饱腹的食物，写作才是真正拯救我的东西。当我有话想说的时候，或是某种体悟需要被记录下来的时候，只要有纸和笔，我就不会因为找不到能够倾诉的对象而对表达失去热情。当我不断去写的时候，我的内心情感与表达能力也在逐渐成熟。我开始发现，我对情感的思考、对世界的认识以及对生活中日常的观察，都不再是流水账一般的日记，它们成了信件、文章、诗歌和书籍。

到目前为止，我可以做到的事情仍然非常有限，但这是我的武器，比我紧握的拳头、比我拿起的棍棒都更加有力。

当步入成年之后，我发现每个人都在用自己的方式生活，不会有人限制住我的意愿，也不会再像小时候那样双手被铐住。阻碍我的东西，变得宏大而模糊，而与之相对应的解决方案也是一样。就像你知道自己的手被铐住了，却不知道铐住它的人是谁，也不知道他们怎么做到的。你虽然知道应该继续向前走，却不知道到底要朝哪个方向走、用什么样的节奏。

某一个瞬间，我的记忆回到从前，那时的我正站在阳台上看着远方的天空，还没人告诉我夜空中闪动的红光是飞机信号。我会找到一系列的奇遇来佐证自己的特殊，始终都不放弃相信自己将会被外星人劫走。

早晨，太阳初升后，数不清的夜晚就这样安稳度过。在见识到爱和欲望之后，孩子般的恐惧已经被完全忘记。

我会掀开帘子让光透进来，会推开窗让空气做一次更换。生活就像现在这样，看起来不紧不慢，可事实上却更加狼狈匆忙。就像此刻，我听到熟悉的号角，也看到有光芒闪耀，还以为自己的生命也终将像火一样燃烧。

我知道，仅仅有盲目的热情是不够的。在探索的途中，在与自己相处时，在一段关系建立的最初与最终，它们都将被不断消耗着。

如果不是对当下的生活有一定把握，没有除了热情以外其他更真实可靠的东西，那么当热情被消耗殆尽之后，爱和希望还会存在吗？承诺还有兑现的可能吗？

并不需要等到那一天真正到来，我们就已经可以给出答案了。

无论我是否已经意识到，生活所要求的，始终都比我们以为的要多。

我想起无数个已经过去了的夜晚，此刻你的样子在我脑海里变得更加清晰。还想起我们也曾十分真诚、面红耳赤、心跳加速地互道晚安时，我就好希望在未来的某一天，当我半夜惊醒的时候，可以下意识地握紧你的手。

第七部

十二

阴郁的午后，天是墨色的黑白灰。比起南部来说，北部的晴天实在少得可怜。渐渐地，我明白了为什么他们说生活像平静的湖水一样，平静到有风刮来也难以掀起波澜。有时候，你只要看向窗外，就足以让一天的时间过去。除非有遥不可及的愿望，不然北部不会给人强烈的紧迫感，满足衣食住行也不是什么难事。

北部的人都能拿出更多的时间思考创造，对精神世界、对自然进行探索。在北部，从事艺术行业的人很多，遍地都是音乐家、画家和作家。但也有弊端，在北部，你会很快预见你的未来生活。你现在做的事和晚年做的事没什么不同。我早就知道了这一点，虽然我没有在此久居的打算，但如果让我推荐一个可以好好思考的城市，北部一定是最合适不过的了。

我和杰特聊起我在书店的经历时，他说我无意中找到的这一家书店比他所知道的那一家书店更有趣。除了这家书店特别的装潢之外，他对书店老板的人生故事感到很好奇。谈话中，杰特也有与书店老板一样的疑惑，为什么我对那些新鲜有趣、年轻化、能赚更多薪水的工作提不起兴趣。我就像一个已经老去的人，对任何事物都提不起太大的兴趣。

但事实并非如此，我有自己的考量。在杰特带着误解的发问中，我没办法继续逃避回答，只好告诉他我的计划。我告诉他，我正在写一本书。我并不是为了当一位名声大噪的作家才有这样的想法，我只是想把自己的一切经历和想法记录下来，以书的形式呈现出来。我不考虑是否会有出版社看得上我的投稿，也不考虑这本书是否有机会摆在书架上供人翻阅。

我不想每天都待在杰特家中写作，就像一个寄生虫那样无所事事。我要去找到一份合适的工作，同时又让我有足够的时间和精力进行我的创作。

杰特对此感到很惊讶，他没想过自己的同龄人里还会有人试图成为一位作家。不过他听完之后表示支持我，他鼓励我直接去那一家书店工作。

一直以来，我都避免在人们面前提起自己的梦想，无论这个梦想我是否有实现的可能。我不希望自己把想法表露以后，其他人藏在心里的讪笑和猜测会与其牢牢地挂上钩。不过让杰特知道它，也并不是因为我有把握他一定不会这样去做，也没在他发出赞许的声音以后就觉得庆幸。我让他知道我的梦想，仅仅只是出于一种信任和感激，不管我们两个对此的看法是否一致。

是否真的要去那家书店，我现在还没决定下来。周末，我和杰特要去他叔叔的农场里拿一些羊肉回来，顺便游玩一次。如果不嫌脏，还可以去学习挤羊奶。幸运的话，还能看到小羊出生，看它们怎么落在地上，然后第一次站起来。

这些都是杰特对我讲的，我猜想实际情况应该没有他描述的那样好玩。看着他兴奋的样子，我的情绪也被他感染了，开始期待起来。关于我工作的最终去向，我打算等到周末结束之后再说。

杰特叔叔的农场离市区远一些，平日里我们骑车出门往左拐，而现在我们开车往右拐。杰特开着他父亲的车，我习惯性地坐在汽车后座。经过一段树木茂密的山林车道之后，视野变得开阔起来。矮矮的山丘连绵起伏，三三两两的建筑错落有致。草地绿色新鲜，尤其是在雨后，更为明显。我不知道草地上的小草能顽强到什么时候，因为很快秋天就要来了。

我扭头看向窗外，两架熟悉的风车出现在眼前，然后缓缓地离我们越来越远。杰特一边开车一边和我说起他叔叔的故事。听起来，杰特的叔叔是一个不太好相处的人，但实际上又是一个很好的人。

我在想，性格古怪的人似乎总是这样，在社交场合里不断地被人们误会，不论是有意还是无意，总能轻而易举地吓退很多人。而由此造成的孤独，又会加重古怪的程度，形成了恶性循环。可只要这个人内心善良，那他们对外界展示出来的古怪都只是一种伪装，是一种保护自己的手段，在他们坚硬的外壳背后有热情，有柔软，也有难过时的脆弱与不堪。

一个多小时的车程不会太长，我在看着窗外景色的过程中，时间很快过去了。在途中，我认真地观察远山，想象着它从侧面看起来会有什么不同，山上住着什么动物，会不会有人站在我所看到的位置，朝我所在的方向看过来。我观察天空快速流转的云，我知道云上面风很大，很好奇下一场雨什么时候来，迁徙的鸟儿能不能顺利扛过去。

吃完午餐之后，我和父亲没有停留，即刻准备出发回南部。这样匆忙，除了因为父亲需要再往返一次把母亲接回来之外，也因为我请假时间过长，要回去工作了。在店长打来的电话里，我或多或少地听出了强忍愤怒的味道。

与姑妈告别十分轻松，没有想象中那么难受。虽然她盲目自信的话和最初一样，没什么新意，但因为她的身体的确有了明显好转，我才不觉得她这样讲是一种毫无必要的逞强。

临走时，姑妈给了我一个深深的拥抱，这个拥抱太深了，让我觉得自己长这么大，还没人曾这样紧抱过我。我们分别亲吻了对方的脸颊，以此来代替挥手再见，代替那些多余的不舍的话。不知道她是否有这样的感觉，经过一周的相处时间后，我与姑妈的关系变得更加深厚。对我而言，她不再只是一个与我有血缘关系的亲人，我被她的诚挚打动了。我想，如果我下次再来，我会告诉她很多关于我的故事，告诉她我是怎样熬过一些痛苦时期，告诉她我也有一个让我特别喜爱的人。

“好久不见，我回来啦。”

“嘿，我回来了。”

“嗨，是我，最近怎么样？”

当我坐在汽车后座上，身体跟着车子一齐颠簸摇摆时，我在心里练习着见到你时的开场白，该说些什么，要怎样说才能抑扬顿挫，用什么语气和神态可以显得自己轻松却不轻佻，这些都是我思考的问题。回到镇子之后，我不确定今天是否能见上你一面，好在还有时间，足够我去安排了。沿途的景色无法再吸引我，我该想的事情实在太多了。

等车开到家以后，母亲已经整装待发，我们简单聊了几句之后，我打算出门。父亲没有下车，随时做好了返程的准备。

在我离开的这段时间里，杂货店的打扫和记账都是店长的侄子来做，而这个比我还大两岁的哥们儿，脑子并不灵光。他力气活倒做得不错，可一旦店里开始忙碌，人多了起来，结账常常会搞错，在一天的工作结束后，账本的数据经常对不上。我猜只要与数字有关的工作，他都没办法做好。

店长为我留了位置，他没办法重新招聘一个人，所以只好忍着。在电话中，我听他像开玩笑一样说起这些事情，我倒有些愧疚起来。毕竟这份工作是母亲动用自己的人脉关系给我找到的，无论我此前做得怎样，也不管我有什么可以被理解的理由，但我现在确实算不上一个称职的员工了。

愧疚之余，我内心却产生了奇怪的喜悦感，因为店长的话从侧面肯定了我在工作上的能力，哪怕只是和一个本来就不如我的人比较。在见到瑞秋之前，我打算先去店里，对店长的理解表示感谢，并表达一下自己的羞愧之情。最重要的是，我要把乱成一团的账本重新整理好。

“嘿，达西。”

我正在柜台里埋头整理账目时，一个熟悉的声音在耳边响起。

“瑞秋，你怎么来了？”

惊奇与喜悦的情绪交织在一起，果然是计划赶不上变化。在返程路上反复练习过的开场白竟然没一句能用得上，我脸上的尴尬表情我完全能想象到。

“今天店里没客人，父亲让我给他跑跑腿，买包烟。”

说罢，瑞秋朝我晃了晃手中的烟，脸上洋溢着笑容。我看着她陷入思考，我觉得这和我梦里出现过的样子很像，又好像有很多不同点。

“哦，原来是这样。”我有些不知所措，原本堆积如山的话瞬间消失不见。

“什么时候回来的？”她一边把钱递给我，一边问道。

“中午才回来，店里的账本被之前给我代班的哥们儿弄乱了，需要重新整理一下。我本来打算做完就去找你，没想到时间过得这么快。”

“哈哈！”她大笑起来，而我则一头雾水。

“我知道你说的那个人，前天我来买东西的时候他坐在你现在的位置上。”

“是吗？这有什么好笑的？发生什么了？”我的好奇心被勾起来了。

“如果我没记错的话，当时人很多，我正在排队，我前面是一位买了很多食物的老奶奶，她的购物篮都快装不下了。结账的时候，收银员总是卡住，几角几分搞不清楚。还好我不赶时间，就是觉得好笑。”

“那是个笨蛋。”我实在没忍住，脱口而出。

听瑞秋一说，我也觉得很好笑，一个连小学生的数学都赶不上的人居然来做收银员。

“你今天忙吗？我们什么时候去山上玩呢？”

“今天倒不忙，过几天再说。你回来了就行，只要天气好随时都能去，山又不会跑，你说对吧？”

“这倒是。”

瑞秋始终笑着，带着一种无法形容的感觉。我想用清晨带着希望的曙光来比喻，或是用傍晚烧红整片天空的夕阳来比喻，但这种比喻还是差了一些。当她和我道别推开门离去的时候，我突然明白，原来差的那一点是真实，一种触手可及的真实感。

这次见面是我们两个第一次重逢。这种意料之外的碰面，比预先告知的相遇更让人舒服，哪怕一开始错愕的情绪会让人的大脑一片空白，以至于来不及把想要说的话全部讲完。我和瑞秋之间的交谈并不只是通过语言，我们更多的是在目光碰撞里、在欲言又止的局促中、在漫长的沉默以后，才能读懂彼此藏在心里的话。

换一个角度来想，生命应该也是这样。人们只有再度相逢，久违的意义才会显现出来。

夏日里普通的一天，远山依然坐落在它应该在的地方，除了阳光和云层之间的明暗变化外，远山不会有太大的改变。我此刻正躺在自己的房间里，虽然看不见远山，但我非常自信这些描述与事实不会有多少出入。

午后的阳光仍然很强烈，我把窗帘拉上才能营造出适合休息的氛围。身体有些困顿，但精神却始终没放松下来。自从昨天你提议今天去野餐，我便隐隐有些兴奋。我意识到今天恰巧也是我的生日时，更觉得奇妙。

很显然，这只是一次巧合，除非我或是我父母告诉你，不然你无从得知我的生日。关于生日，我已经不怎么记得了。

成年之后，我便不再对生日有什么情愫，更不要说切蛋糕、吹蜡烛许愿以及邀请朋友开派对这样的事情。

这次巧合给了我做事情的理由和勇气，我再也无法忍受我们之间的暧昧不明，这种不确定的关系让我无法忍受。思来想去之后，我觉得我必须要把诚挚的心意表达清楚，就像日常生活中必要的仪式感，而你就是我生命中最值得被隆重对待的那个人。

回想自己，回想这段时间里我做出的忍耐、克制，我明白我不该始终把情感依附在不言自明的理想状态下，是时候再往前迈一步了。

早晨，我去镇子上买了几瓶车厘子酒，午餐时我拜托母亲帮我把家里的烟熏小鱼干再加工一遍，这样处理之后小鱼干会变得更美味，但储存时间会迅速缩短。我把鱼干装在保温餐盒里，还有我自创的金枪鱼酸黄瓜三明治，以及用来下酒的奶酪块和小苏打饼。

总觉得食物很难让人记住，无论它们多么美味，被吃掉之后最终留下的只是一个不太确切的味觉残影。所以我想学习浪漫爱情故事里的情人，准备一个独一无二的宝贵物件作为定情信物。听起来有些俗气，但有意义。

我想了很久，最终在我收藏的物件里找到一件东西，一个经过改装变成吊坠的手表表芯。

或许是因为提前做了太多准备，预设了各种可能性，因此无法自控地产生了太多期望。我没办法放松下来，精神上绷得紧紧的。幸好我早早做好了准备，接下来的时间我只能慢慢等待，就这样躺着，什么也不做。

“达西，你准备好了吗？”

我迷迷糊糊地睡着了，瑞秋的声音像是在梦中。我睡得很浅，很快就醒了。

“早准备好了，我马上下来。”

很快，我从床上爬起来，来不及揉揉眼睛，就跑到窗边大声回应。

用双肩包装好餐盒，背在背上，用手提着酒，以免在路上酒瓶因经不住晃荡而破碎。拿上所有用具之前，我跑去盥洗室洗了一把脸，让自己清醒一点儿。出门前，我再次打开背包检查，直到看见那块吊坠仍安静地待在里面，我才安下心来。

“你知道怎么上去吗？”瑞秋的声音从身后传来。

“当然，这一片地方我再熟悉不过了，小时候经常和伙伴们去山上打鸟、逮兔子。剪一块差不多大小的橡胶条，紧紧绑在粗细合适的三叉枝的两枝上，一个威力十足的弹弓就做好了。尝到了甜头之后，我们几乎天天往山上跑，这是最好的消磨时光方式。现在，这些小伙伴们因为各种各样的原因都搬走了。”

我突然感到一阵悲伤，但很快又把自己从悲伤中拉出来，继续沉溺在轻松而愉快的氛围中。

“这不是重点，重点是我经常上山，所以我知道一个绝佳的野餐地点。尽管此前没有机会尝试，但树林在背后环绕，可以抵挡光线，草地平坦开阔，眼前没有遮挡，可以看到很远的地方，这样一想，这个地方还是不错的。”

我一边侃侃而谈，一边时不时地把头扭过去和她说话。

“听起来确实不错，走到你说的那个地方需要走多久？”

瑞秋手上提着帆布袋子，袋子里装着什么我没来得及问，应该是一些好吃的，我们这次野餐有口福了，我自顾自地想着。

“很快就到，因为它没在山顶，在半山腰处，我们再走十几分钟就到了，相信我。”

沿途的路是一些被人踩实了的黄色泥土，很多石子都已嵌入泥土。好几天没有降雨，天气越发变得干燥，无论脚步的变换有多轻盈，总会扬起一层细细的尘，有时它们缓缓坠落原地，有时则被风吹得很远。小路之所以叫小路，就是因为它不是被刻意开辟出来的，它只是一种方向确定后的选择结果。

当判断成为一种惯性，路便开始变得更为明显。

这条路，我已经很久没有走过了。当童年的玩伴各自走散，长大成人所必经的孤独感朝我袭来。但我却很快乐，因为我获得了更新奇更有力量的体验，我开始了解到爱，接触并试着理解爱。我发现，自己不再是独自一人走在路上，至少在这条路上不是。

当爱随着时间缓慢滋生，我觉得它就像疯长起来的杂草，像无限往上延伸的葡萄藤条。

经过一段崎岖的道路之后，我们顺利地到达了。不知道为什么，许多年过去了，我觉得这里仍然没有太大变化，也可能我忘记了它曾经的样子，误把此刻眼前的风景当成了熟悉。

我把酒轻轻放下，对着远方眺望。天仍然亮着，太阳正往下落，西方不是我们正对着的方向，所以阳光会透过左边的林子照到草地上。瑞秋从袋子里把野餐布拿了出来，很快就铺好了。

“我以为我已经准备好了一切，却忘记了要带野餐布，还是你比我更周到一点儿。”我顺势坐在了野餐布上。

她看着我笑了笑，没说什么，然后继续从袋子里拿东西出来，一个圆形铁盒、一罐小果酱以及一些纸巾。

“铁盒里装的什么？”我探头探脑地问她。

她废了一点儿劲，随着一声清脆的“嘭”的声音，盖子打开了，里面是叠放整齐的曲奇饼干，姜黄色，饼干上还镶嵌着一些巧克力豆，看起来既美味又美观。

“这是买的吗？”我很疑惑。

“当然不是，这是我按照母亲的方法自己做的，你尝尝看。”说着，她递了一块饼干给我。

“怎么样？好吃吗？”

“好吃，太好吃了。”

我一口吃完了一整块，还没完全把饼干咽下去，我便忍不住称赞起来。瑞秋看到我这个样子，没有忍住，哈哈大笑起来。她不像其他女孩那样会害怕自己的大笑过于失态，于是用手捂着嘴巴。她喜欢直接表达情绪，即便是这样大笑，嘴角扬起的弧度、牙齿露出来的样子都恰到好处，甚至连眼睛里闪着的光，也因为她的这种率真而变得更加温暖动人起来。

“你这话我可一点儿也不信。”瑞秋拿出一块饼干吃了起来。

“你还没咽下去就开始说好听的话了，这些都是骗小姑娘的把戏，骗不了我。”

“怎么会，我说的可都是真心话，你不信的话，那我把它们全都吃光。”我做出一副要抢走饼干的样子吓唬她。

“信，我信还不行吗？”终于，她也拿我没办法了。

我们聊天的时候，我把许多不愉快的事情都抛在了脑后，所有的不安和焦躁全都消失不见了。人不能胡思乱想太多东西，想到了就去做，想到了就去说，虽然想说的和想做的可能不太恰当，但只要真实去做了，事情发生了，就总比独自妄想要好得多。

“你猜我带了什么？” 我一边把餐盒从包里拿出来，一边问她。

“车厘子酒。” 她明明知道我问的并不是这个，但她嘴角露出坏笑，故意这样回答。

“不对，猜错了。” 盖子一打开，香气在空气中蔓延开来。

“你看,有三明治,有用来下酒的奶酪,还有小苏打饼。”说着，我依次将它们摆放在野餐布上，看起来丰盛又美味。

“今天还真不错！”她双手举过头顶,慢慢地躺了下来。

我学着她，也慢慢地躺了下来。

我们之间隔着一些食物，空气里满是金枪鱼酸黄瓜三明治的味道，目之所及是茂密的树木，是暗蓝色的天空和遥远的未来。

“是啊，今天还真不错。”我把头转向右方看着她的侧脸。

十 三

车子在一片开阔的地面上停了下来，前方不远处是一栋建在小山包上的砖房，它旁边则是另一个山包，山包上有截然不同的一列砖房，更高更狭长，看起来像是仓库或是圈养牲口的地方。

“我们到了。”杰特拍了拍我的肩，我们很快下了车。

或许是因为听到外面有声音，一个男人从砖房里走出来，带着一种并不洋溢但能感受到开心的笑容出现在我们面前，杰特迎上前去拥抱了他。

这就是他的叔叔吗？我有些疑惑。因为听完杰特的描述之后，我脑海中浮现出来的样子与眼前的男人截然不同。我之前脑海中浮现的画面是瘦小、面部光滑、眼神凶恶的人，但杰特叔叔却是高大、满脸胡须、戴着黑框眼镜的人。

“您好，我是达西，杰特的朋友。”我迎上前去做出一个握手的动作。

“你好，达西。我是杰特的叔叔，叫凯文，你叫我凯文叔叔就好。很高兴你们能过来，先进屋吧。”

房屋的内部构造和杰特家差别不大，或许北部的房屋内部都是这样。我们坐下没多久，凯文叔叔从桌上拿了杯子，把壁炉旁一直热着的茶壶一并拿了过来。

“今天挺冷的，来，你们喝点儿羊奶暖暖身子。”一开始我以为是茶，没想到会是羊奶，喝起来味道和牛奶区别不大，只是比牛奶的膻味更浓一些。

我喝着热乎的羊奶环顾四周时，杰特和凯文已经开始聊天了。我偶尔会插话，就像句子里的停顿，就像一道菜的点缀。不过还好，在陌生的环境下我更乐于远离谈论，被无意地忽略掉，我反而会觉得不那么难受。

从他们的谈话里我了解到，这个周末可能没机会看小羊出生了，如果愿意的话，羊奶倒是可以去挤。凯文一个人住，妻子和女儿偶尔会过来，杰特每个月会来一两次，有时候凯文会去杰特家做客，但这种情况少得可怜。我隐隐觉得，杰特来拿羊肉或许只是一个借口，真正的目的应该是经营一段关系。不过，这一切都只是我作为旁观者的臆测。

“对了，你们知道母羊产羊羔的时候经常会出现羊羔假死的情况吗？”凯文突然跳转了话题，可能是为了让气氛变得更好一点儿。

“假死？什么意思？”我有些好奇。

凯文推了推眼镜，像是早就预料到这会引起我的注意。

“羊羔产出后，如果没有呼吸，但却发育正常，心脏仍然在跳动，这种现象称为假死。”

“那该怎么办？它会自己活过来吗？”我继续追问。

“大多数时候不会，需要人为操作帮助羊羔重新复苏。如果假死的时间过长，羊羔会真的死亡。解救假死的方法一般有两种：一是提起羊羔的两个后肢，将其悬空并不时地拍击它的背部和胸部；二是让羊羔平卧，用两手有节奏地推压胸部两侧部位。”

凯文眼睛里放着光芒，非常自然地说着他最有兴趣的事情。那一瞬间，我感受到了他蓬勃而生的自信。这与杰特所描述的凯文完全不同，我甚至开始怀疑杰特对他叔叔的情感。

“你们还是孩子，没机会体验这种事情，但相信我，第一次成功把羊羔从死亡的边缘拉回来，拯救生命所带来的成就感是一辈子都难以忘记的。”

听他这么说，我对这件起先不怎么期待的事情突然感到很失落，遗憾的情绪似乎变成了文字写在脸上。

“别沮丧，不久之后就可以看到了，冬季是产羊羔的高峰期，到时候可以让杰特带你过来。”

凯文算是一个传统意义上的好人，这是我在与他的短暂交谈之后做出的片面定论。他有妻子女儿，但却不与她们同居，而是选择独居，和羊群生活在一起。甚至是，需要通过拿羊肉这样的事当作由头来与亲人交往。这些问题让我有些好奇，也十分费解。因为即便我如此孤僻，也还是会同父母同住，与姑妈往来，哪怕过程中我并未体验到多少快乐，我仍然还是会选择用正常的方式来处理自己的社交关系。

我觉得，凯文并不是一个传统意义上的正常人，换句话说，凯文是一个古怪的人。

我的好奇和疑惑始终盘旋在脑海中，这比挤羊奶、拯救小羊羔更缠绕我的思绪。人际关系是最吸引我又最折磨我的东西，我常常不断地思考它。当我遇到没经历过、完全无法理解的人际关系时，我无论如何都要弄明白它。我无法像其他人那样粗糙地对待感知，做不到视而不见，而这也经常会让我看起来与周遭事物格格不入，让人觉得我有些特立独行。我总觉得当我明白了这些东西之后，就能够找到自己终将失去挚爱的缘由，也就能够找到逆转这种必然的可能性。

第二天清晨，凯文来到我们房间，兴致勃勃地问我们愿不愿意吃完早餐后挤羊奶，我和杰特都在睡梦中，杰特早就对挤羊奶失去了兴趣，但我不同，新鲜事物对我的吸引成功击退了困意，我在迷糊中做出回应："我很快过去。"

挤奶的时候，我终于体验到什么叫"看着容易做着难"。在凯文已经顺利挤出大半桶羊奶的时候，我的桶里却只有薄薄的一层羊奶，能清晰地看到桶底。

"看着很简单，但一切事情都是有方法的。"凯文停了下来。"我演示一遍步骤给你看，你照着做就明白了。"

"首先用大拇指和手掌的虎口握住羊的乳房向上托起，使奶落到奶头里，然后用大拇指压紧虎口，这一步可以避免挤奶时奶向上回升。最后，四指挤压奶头，奶水就会很快流出了。你试试看。”

他一边说一边演示，我也跟着他演示的步骤去做，很快我就从中获得了满满的成就感。在我们回去的时候，我最终还是没忍住，把萦绕在脑海里的问题抛了出来：“凯文叔叔，我一直有个问题想问你，但却不知道是否合适。”

“没关系，你问吧，我知道你要问什么。”他始终笑着，这种表情让我觉得很熟悉，又是一副早有预料的样子。

“为什么你选择一个人独居？”我想了很多更细致的说法，但最终还是决定用一个不冒犯人的方式去问。

“这该怎么说呢？”

我们俩各提着一桶羊奶走在路上，脚步也不约而同地放慢了。

“其实我并不讨厌他人，相反我非常爱她们，爱我的妻子女儿，爱我的好友，也爱杰特和他的家人。但对我来说，与人保持距离反而是一种更适合我的方式。我曾体验过许多亲密关系，持续了很长一段时间。最终我选择独居，以一种不频繁的方式社交，这就是目前我能做到的程度。这是我对自己做出的妥协，更复杂的事情我没有想过，但这件事我不觉得有什么不对，我认为很正常。”

突然，我感到一阵眩晕，不知道是因为刚才挤羊奶时蹲的时间太长，头部短暂性贫血的症状有些延后，还是凯文这段话让我一知半解，导致思考过度。

“原来是这样，我有些明白了。”回到房间之后，对话十分自然地结束了，就像从未发生过。

脱下工作服，清洗掉身上的奇怪气味之后，我回房间继续补觉，而这时杰特刚刚起床，准备出去洗漱。躺在床上时，我忍不住地想凯文说的那句“我不觉得有什么不对，我认为很正常”，而后我又想起自己对他所谓“不正常”的评价，一时间羞愧之情就像洪水猛兽那样朝我袭来，我从未像现在这样，为自己的狭隘内心感到羞愧。

我开始明白，人并不存在应该有的样子，只存在看到和不被看到、理解与不被理解的样子。就像是在谈话中，交谈双方无论哪一方说出一句话之后，都会在心里预先设想对方将要做出的反应，比如用什么语气、以什么方式等等。有了这样的设想，人们就会用自己对“正常”的理解为定义，而不会去考虑对方的感受，更不要说去包容其他可能性了。

每个人都会或多或少地展示自己的一面，带着从未有过的警惕和试探，一旦有了一次碰壁体验，这一面就不会再出现了，甚至连其他面也不会再出现。

或许,这就是为什么有包容心的人才能看到更多不同。

周末很快就要过去，在告别时我们还是会像大多数人那样挥手致意，或是拥抱，说着下次再来。我渐渐地有些懂了，或许杰特并没有故意去丑化自己叔叔的形象，他一直以来看到的凯文就是如此。人类穷极一生渴望建立起某种亲密关系，而最终我们了解到的也只不过是人的局部。

这样想来，凯文做得比我好太多了。他主动成为一个与他人保持距离的人，又因为他真诚，因为他心中有爱，所以他的独居才并不是像看上去那样自私和残忍。在一定程度上，保持地域距离反而使得心与心的距离更近了。

我曾在夜里把自己剖析了一遍又一遍，就像把鱼肉摊在砧板上切片去鳞，残忍吗？其实并不残忍。爱一个人所经受的考验远远比剖析自己残忍得多。但每个人都能扛过去，也必须扛过去，因为死亡不是终结，放弃爱的能力也不是，事实上这条路从来就不存在所谓的尽头。

瑞秋，每当我试着对自己、对人际关系思考时，我就会不可避免地想起你。当失去你已经成为既定的事实时，我就必须用尽全部的力气，用比赤手空拳砸开一堵墙还要大一百倍的力气，才能做到在回忆快乐时品尝不出悲伤的味道。

但我永远都不想失去你，如果时间紧迫，这将是我第一句要讲的话。

人降落到世界上，心爱的玩具坏掉了，经历很多次分别，我们就这样体验人生里一次又一次的别无选择。接着长大一些，又因为某个人而体验到爱，品尝到新鲜的甜、悸动的酸、试探的涩、过期的苦。然后再长大一点儿，我们自以为懂得了许多东西，也全然做好了孤独一生的心理准备，但从始至终，却又从未真正对爱失去期待。

人慢慢走出来，对生活看淡，不再惧怕分别，看起来就像自己终于做了几件有所选择的事。

不想失去你，只有这一件事情是我完全肯定、不存在其他歧义的希冀。而我爱你，当然我非常爱你，可是爱的含义太大，你的理解与我的理解肯定也不一样，所以这一句我决定放在最后。

如果风没有把它吹走，如果时间还够。

第八部

十 四

车厘子酒的美味出人意料，美味到我们全然忘记了它的度数，忘记了它还是酒，而不是果汁。奶酪块的味道没有预想中那么奇怪，它很快就被我们当成下酒菜吃了个精光。平平无奇的小苏打饼仍然安静地躺在那儿，我们每人只尝了一块就没有再继续吃过。如果此时有松鼠经过的话，可以让小家伙把苏打饼全部打包带回家。

因为天气和时间的原因，三明治的口感不如我以前做得好吃了，但瑞秋没品尝出来，她连连称赞我的手艺，说比她父亲店里做的还要美味。我有些不好意思，用手挠了挠后脑勺。很快，我自信满满地说："这次的三明治并不是最好的，如果下次有机会，我当场做好然后我们很快吃掉，口感一定会更棒。"她一边吃着一边笑着点了点头。

天空暗下来的速度越来越快，食物也吃得差不多了，我们必须要赶在天完全黑下来之前下山，否则路会变得很危险，就算没有野兽出没，我们也无法看清脚下的路。如果月光能够把大地照亮，就又另当别论。

酒精开始慢慢地起了作用，我的勇气也上来了。我把背包拿在胸前，把所谓的定情信物紧紧握在手中。我以为我早就想好了说辞，像是随时开口都能讲出让旁人无比动容的爱情誓言。可是此刻，我的大脑却一片空白，耳边响起的不再是坚定的声音，有的只是不断地自我怀疑："还是算了吧，万一她并不喜欢你呢？""放弃吧，会错了意可比把糖当成盐要严重得多。"

我猛烈地摇了摇头，试图像牛尾赶走苍蝇那样赶走这些阻碍。

"瑞秋……"我郑重其事地喊了她的名字，顺势把身体移得更靠近她。

“怎么了达西？”她有些疑惑，却充满耐心，一副等我继续往下说的表情。

我把紧握的右手伸向她：“给你看个东西。”

“这是我很久之前去集市时买下的，在一个卖各种金属机械的地摊上，我走马观花地看了一遍，一眼就看中了这个。摊主告诉我，这是一块古董男款表的机芯，是一位先生为了给自己心爱的人治病，不得已才去当铺里把自己的手表当掉筹钱。后来被当铺老板的小孩不小心摔在了地上，镜面破碎了，也就不值几个钱了。最后这块机芯辗转到了摊主的手里，他看机芯漂亮，索性做成了一个吊坠。”

瑞秋半信半疑：“你说的是真的吗？”

“当然，不过我也不知道摊主说的是不是真的，但我还是买了它。总觉得有时候，物件背后的故事会比物件本身更吸引人。”

“这倒也是，不过摊主的手真巧，能把机芯变成吊坠，真好看。”瑞秋似乎对它有些兴致，这让我无比开心。

“对了，它还有一个功能，时针的转轴可以旋转，如果你快速地转动它，再把它放在耳边，就可以听到类似海浪的声音，这是我后来发现的。”

“真的吗？我试试。”她开始转动机芯的时针转轴，随之而来的那张惊喜笑脸则告诉我她很喜欢。

“瑞秋……”我再一次呼唤她的名字。

“其实我真正想说的并不是这些，我接下来要说的你都猜到了，但我还是想清楚地告诉你一次，无论最终的结果是什么。”我顿了顿，又继续说。

“我不必再说你在我们第一次见面时就捕获了我的心，也不必再说这段时间的相处你给我带来了前所未有的快乐，更不必再说离开南部去姑妈家住的那几天里，我是如何疯狂地想念你。我必须承认，我无数次想过该如何告诉你这些话，要以一个怎样好的方式、一个能被你接受的方式，去把我对你的喜爱传达给你。而在我未确定你的心意之前，我害怕表明心意会让你离我更远，但思来想去，我还是决定要这么做，哪怕通过的可能性只有百分之一，我都必须紧紧抓住它。”

“其实机芯的故事到底是不是真的，我一点儿也不在乎，我真正在意的是，在此刻和未来，我能否成为重新赋予它故事的人，赋予它我们之间的故事。”

终于，我说完了。

身体似乎不再受我的控制，剧烈的心跳声好像传到了耳边，传到了颅骨顶部，在整个大脑内部环绕。脸部逐渐升温，就像枯木燃烧一般滚烫。

我一口气把话说出来，没在内心预演排练，随之而来的紧张感让我很快忘了刚才说过什么，表达的意思是否和设想中那样清楚准确。

接下来我什么也做不了，只能像一棵树那样呆坐着，缓缓地等待回应。一秒变成了一年的长度，万物的进程也被瞬间放慢了千万倍。

“达西，你说得太快了，我没听清楚。不过，这个礼物能不能送给我？”

我有些愣住了，“啊？可以……当然可以，我本来就是要送给你的。”

“真的吗？那太好了，谢谢你达西。”

我刚想说不客气，瑞秋的脸便靠了过来，一个近到能听见彼此呼吸声的距离，我有些下意识地往后退。突然，她闭上眼睛，而我也心领神会，献上了我的，也夺走了她的吻。

我从没有过这样的体验，无比地奇妙。当我战战兢兢地表达爱意，也随时做好了被拒绝的准备时，反而迎来了更大更勇敢的爱，这比语言文字要更直接更有力，更能清楚地感受到。这就像当你以为自己下一秒就要坠落，你害怕得闭上眼睛，可等你睁开眼睛的时候，发现自己置身于另一个完全不同的环境里，正被人温暖地环抱着，被陪伴引领着向远处飞升。

当晚回到家之后，我才意识到忘了告诉你今天是我的生日，也正因为这样，我才有勇气去做这件事。在离你家不远的路边树荫处，我们亲吻拥抱着互道晚安，我想这应该是你对我的真诚和勇气最大的嘉奖。

在群山之间，在我的心意表露以后，你没有跑开，而是选择坦然接受，同时接受了我。

我知道，我没办法用语言告诉你那一刻我有多幸运。从小到大，我独自面对着这个世界的冷漠和孤独，我发现自己并不是一个自信的人。日夜辗转，时间一长，我渐渐地变成了一颗天空中光芒黯淡的星，我朝着宇宙更黑暗的地方远去，不打算去借太阳的光，也没想过要为谁亮起。当你出现在我生命中时，我对情感的渴求又开始重燃了起来，突然间，我似乎有了最想要拥有的东西，而在我努力走向你的时候，你拥抱了我。

我想，或许就是从那时候起，我的生命才开始有了新的意义。

十 五

因为不能让瑞秋的父亲知道这件事，于是我们索性约好不让任何人知道。因此，那种不顾旁人眼光的亲吻和拥抱不会发生在我们身上，至少现在还不会。不过，我们会抓住一切机会，让情绪通过眼神和体温进行传递。比如，我去她父亲的餐厅找她，我会在她帮我点菜时在桌底下牵住她的手；她到便利店帮父亲买烟时，我们会在四目相对很长时间后，趁没人注意迅速完成亲吻。一种类似于间谍的爱情在小镇中蓬勃生长着，而我们也乐在其中。

如果说这段关系的确定对我的生活并无太大的改变，那必定是我一生中说过的最大谎言。的确，从那儿以后我们仍然照常生活，就像巨变往往只发生在海面以下，发生在人们并未察觉的背后。

群山之约过后，我就像完全变了一个人，在感情中的摇摆和胆怯顷刻之间完全消散。我像一个诗人，每天都有用不完的灵感和热情来写赞美爱的诗。太过澎湃的情感让我难以镇定，诗也常常写得不好。好在时间愿意帮助我，把我从巨大的失控里解救出来，然后慢慢地去把珍贵的爱意从河水汹涌变成缓慢溪流，就像我一直渴望的那样，平坦、安稳，连绵不断地流向很远，持续很久。

后来，我偶尔也能写出来一两首不错的好诗，瑞秋会毫不吝啬地给予我赞扬。我们坐在树下，我把她最爱的那一首读给她听。

在旧剧院废弃之前，更大更气派的南部剧院便开始动工了，因为南部剧院在城里，离我们镇子还有一段距离，所以我们没机会常去。但只要有芭蕾舞舞台剧表演，我们就一定会去。当然，这种机会其实不多，比起舞台剧来，话剧和歌剧表演似乎更频繁，也更受大家喜爱。

为了庆祝南部剧院建立十周年，南部剧院特别邀请天鹅湖剧团前来表演，得知这个消息时，瑞秋就像发了疯一样，抓住我的双手说我们一定要去看，千万不能错过这样的好机会。她眼睛里发着光，我从来没见过她这样。后来我才知道，天鹅湖剧团是一个非常优秀的舞台剧团，里面的芭蕾舞演员也非常厉害，除了有扎实的舞蹈功底外，她们还是具有超高专业素养的舞台剧演员。

天鹅湖剧团虽然在南部成立，但现在已经是业内十分知名的团体了。坐落在大洋彼岸的神谕歌剧院，被称为舞台剧演员的天堂，天鹅湖剧团也曾在那里进行过表演。我知道，瑞秋做梦也想要成为那样的人。

因为是带有纪念性质的官方表演，所以不同于往日的小型表演，对于喜爱歌舞剧的人们来说，是一次非去不可的活动。但舞台剧的受众群体很少，尤其像南部小镇这样的地方，离市区比较远，大部分人不会有这种高雅和文艺的爱好，而我也是因为瑞秋喜欢，才接触到舞台剧。

在我们得知举办活动的消息时，剧院已经宣传推广了一周时间，明天晚上七点钟，表演就将拉开帷幕。在这样一个尴尬的时间里得知消息，票早已售罄。

瑞秋眼里的光很快暗了下来，脸上的愉悦和兴奋转换成了沮丧和失落。

“这该怎么办？”她自顾自地小声咕哝着，而我始终拉着她的手。

突然，我想起父亲有一个很要好的朋友，他们经常一起去河边钓鱼，他来我家做过几次客。我记得他在餐桌上提起过他是建筑师，参与过南部剧院的建造工作。

我看到了希望，这件事我可以请求父亲帮助。我从来没要求过他帮我什么大忙，我得好好跟他说说。这样想着，似乎两张门票已然被我握在了手中。

“瑞秋，别担心，我已经有办法了，一定能让你看上演出的。”我信心满满。

她有些疑惑：“你打算怎么做？”

“这你先不用管，总之我会有办法的。不出意外的话，明天午餐之前就能拿到门票了。”很显然，这句话是彻头彻尾的大空话，但我已经做好了准备，无论如何都势必要拿到票。

瑞秋见我这样说，也就没再多问。

分别后我飞奔到家，父亲正坐在沙发上看报纸。

“父亲，我需要你帮我一个忙。”我一本正经地坐在沙发的另一边。

父亲看我如此紧张，便把手头的报纸放下：“你这样严肃的样子很少见，我当然愿意帮忙，你说说看，我不一定能帮上忙。”

“你知道明天南部剧院要举行十周年纪念的表演活动吗？”

“听人说起过，怎么了？”

“是这样的，我有一个朋友特别爱看舞台剧，刚好南部剧院这次邀请来的表演团体是她最喜欢的，我们今天才知道这个消息，可是票已经全部卖完了，您能不能帮我弄到两张入场票？”我有些着急，语速也变快了。

“原来如此，不过如果入场票已经卖完了，我可能也无能为力。”父亲露出爱莫能助的表情。

“不，您可以帮助我，您还记得之前来过我们家几次的恩尼斯叔叔吗？”

“他呀，前几天我们还约好今天一起钓鱼去，怎么了？”

“我记得他有一次说过他是建筑师，参与建造南部剧院，您去问一下他，看他有没有办法帮我弄到两张票。我已经答应我的朋友说一定会带她去的，拜托了父亲。”我第一次用这么恳切的眼神直直地看着他，我必须要拿到门票。

“这我没想到，好吧，我试着问问他，不过我无法保证一定会有。”

“谢谢父亲，我知道一定会有的。”

真的一定会有吗？事实上我并不知道。我并不是一个能预见未来的预言家，这种完全自信的肯定纯粹出于我对门票的强烈渴求，就像有人问我“你相信你和瑞秋能永远在一起吗”我一定会毫不犹豫地回答“相信”。

因为在任何时候，这种信心的坚定从来都不是因为谁被提前告知了结局，而是当一个人一头雾水，同样矛盾焦虑，对未来持有不少的疑惑与猜测，甚至哪怕也有过无数次想要放弃的时刻，但仍然还是选择这种坚定，并相信此刻自己正在迷宫中走的这一条路是对的，是行得通的。

我从杂货店回来的时候已是傍晚，母亲在厨房做饭，我没看见父亲的踪影。我到客厅的时候，茶几上放着两张门票。

来不及跟父亲说感谢，我立刻拿起门票跑向餐厅，希望瑞秋还没有失望。

当晚我们约好，明天瑞秋下班后，我开着父亲的车在路口等她。去剧院需要半个小时，再加上提前入场，我们要提前一个小时出发。谨慎起见，我们各拿一张票。这很像一次私奔，尽管我们身后没有追赶我们的聪明猎犬和用人管家，但仍然令我感到兴奋。瑞秋期待着演出，而我更享受与她相处的每个过程。

我想我现在总算明白了，为什么书中说，让自己的爱人开心便是在取悦自己。

当晚天空有些阴郁，浓厚的云层遮住了月亮，夜间的路比以往更黑暗一些。便利店老板为了丰富店内商品，又购买了一些其他品牌的货物，搬运货物和上架摆货花费了我很多时间，虽然我已经加快手脚，但最终还是比我和瑞秋约定好的时间晚了一些。一见面，我首先表达了歉意，瑞秋听到我迟到的原因后并没有责备我，而是问我杂货店都新进了些什么货。

一路上我们畅聊了很多，车子的远光灯把路照得很亮，有那么一瞬间，我真希望这条路永远没有尽头。当瑞秋说她一定会乘船到大洋彼岸，会成功登上神谕歌剧院的舞台时，我立刻从想象中清醒过来。南部乡间的路当然有尽头，尽头便是美好的、触手可及的幸福生活。

我会和她一起去彼岸，在更大更繁华的城市里生活。我会变成一个著名的小说家，或是古怪诗人，而她会成为一个优秀的芭蕾舞者。我们会有自己的房子，前院是绿绿的草坪，我会常常修剪；后院种几棵车厘子树，我会向姑妈请教车厘子酒的酿造方法，相信我也能酿得很好喝。当然，毫无疑问地，我们会养一条或是几条自己的小狗。

今晚的演出果然与以往不同，南部剧院门前拉起了横幅，上面写着“十周年纪念日特别专场”字样。我把车停在不远处的停车场，然后我们加快了脚步。南部剧院确实比以往更热闹，等待检票的观众排起了长队。

“糟了，我的门票不见了。”我掏遍口袋之后有些惊慌失措。

“怎么会这样，你仔细回想一下放在哪儿了？会不会在车上？”瑞秋有些慌了，她看到我丢了门票，也开始在她口袋里找门票，她的门票还在。

我开始回想刚才发生的种种细节，这张门票肯定不会掉在路上，一定是被我放在了某个地方。向父亲借车，来到店里工作，然后开车去接瑞秋，门票一直都在我的上衣口袋里。

“我想起来了，今天我搬货物的时候，上衣沾上了很多灰和油渍，于是我换了一件外套。我看时间迟了，就立刻出了门，忘了门票还在脏衣服里了。”终于知道票在哪里，我松了一口气。

眼看着检票队伍离我们越来越近了，瑞秋有些着急：“那现在我们该怎么办？”

“没事的，我现在立刻开车回去拿票，抓紧点儿时间，还能赶上。你先进去，别错过了精彩的舞台剧。别担心，我很快就回来。”我一边说着，一边朝停车场方向跑去，还没等瑞秋说完，我便很快消失在夜色中。

现在回忆起这次仓促的离别，我知道，悲伤永远不会随着时间的推移而消退。无数个夜里，我都希望自己真的是一位能预知未来的预言家，那样我就可以一开始就把悲剧扼杀在摇篮中。我就不会再去找父亲弄来两张门票，虽然这样会让她难过一段时间。就算我弄来了门票，我也一定不会像这次一样，我会换掉外套之后把票带上，这样我就可以顺利地和她一起进场，我就能明白那个夜晚剧院里到底发生了什么。

无论这样的悲剧是否已然成了生命中的不可避免，但至少我会是从始至终都陪在她身边的那个人，我可以跟她说：“别怕，有我在。”

我们应该可以一起活下来，又或是一起死去。

返程的路上我踩足了油门，我想这样可以把时间缩短一半。不出所料，门票正安静地躺在那件脏衣服的上衣口袋里。在去剧场的路上我还在想，此时瑞秋应该已经进场了，我猜精彩的表演会让她暂时忘记我的存在。这倒无关紧要，只是一想到她看到精彩部分时无法下意识地牵住我的手，就还是会觉得有些遗憾。

夜晚的山风开始变得猛烈起来，月亮也在云层稀疏的间隙里显露出来。这本该是人们漫长生命里的一件小事，是一件平淡到不久以后很快被忘掉的日常插曲。在我遥看到照亮夜空的火光时，我还是这样想着。

我怎么也不会想到，火光居然就来自剧院。我迅速把车停在路边，看到眼前被大风吹得更旺的火焰正大口地吞噬着剧院，我就像掉进了寒冷极地的深海里，被突如其来的恐惧包裹着。渐渐地，我听不到声音了，只能看到人们脸上的表情，看到警车和救护车的车灯闪耀着，但喊叫声与鸣笛声却很快消失不见，它们被我自身所带来的恐惧感完全消音。

这应该是梦,怎么会是真的呢？我闭着眼睛试图逃避，我告诉自己此刻感受到的热量是因为脸红，是因为车开得太快带来的副作用。

我冲向剧院，在试图穿越警戒线时被救护人员拦了下来。我告诉他们我必须进去，我的瑞秋还在里面，她披着黑色的长发，穿着黑色蕾丝连衣裙，脖子上戴着黑色的绿宝石颈带。她不能死，她还要去跳芭蕾舞，要去神谕歌剧院，你们听说过吗,那可是舞台剧演员的天堂。我们还要养小狗，我连狗的名字都想好了。

我没有痛哭流涕，因为我根本不相信她变成了飞灰，可是眼泪却控制不住地往下流，这一定是烟雾刺激的结果。

当我在救护车上看到你正躺在那儿时，人们的喊叫声和汽车的鸣笛声一瞬间变得那么吵，而我的眼泪也不流了。我知道，你是被神灵庇佑的宝物，还没开始飞舞，又怎么可能在这里坠落？

当晚，我陪着你一起到了医院，你仍然清醒，戴着口罩吸氧。我很想问问你到底发生了些什么，可我知道你现在最需要的不是说明情况，而是安静的陪伴和足够的休息。

医院通知了你的家人，很快你的父母和弟弟便会来陪你。我知道，如果你父亲知道这一切都是我的主意，一定饶不了我。走之前，我亲吻了你的额头，第一次情不自禁地说：“瑞秋，我爱你。”

你把绿宝石颈带从脖子上取下来放在我的手中，我听见你说：“我也爱你。”

离开医院之后，我觉得一切都会好起来。这一场莫名其妙的火灾，我相信会很快查出原因，而最后不过是虚惊一场，毕竟你只是受到了惊吓，吸入了一些烟气，好在没有被烧伤。我想第二天再去看你的时候，你应该可以生龙活虎起来。我很想知道你会告诉我什么，当时剧院里到底是什么情况，我实在太好奇了。

我不会想到，第二天我等到的，却是你的死讯。

当我得知你死讯的那一刻，我实在无法接受。我无法接受这一切，为什么老天会如此捉弄人，为何总是在我几近绝望时又给我希望，而在我开始相信这种希望时，又反过来告诉我说它是假的。

我一瞬间成了世界上最悲痛欲绝的人，至少是最为你悲痛欲绝的人。我们曾一起共度美好时光，就像发生在昨天，而此刻我却被告知你已经彻底离开了，再也不会回来。

我到达你的病房门口时，你的家人还不知道我们的关系，他们甚至还因为我的到来而感到惊讶。你的父亲在走廊里抽着一根又一根的烟，你母亲泣不成声，她过来握住我的手，向我表示感谢，感谢我昨天在他们来之前陪伴你，她还说我是一个善良的人。

“吸入过多烟尘导致呼吸功能衰竭”，我不相信医生的一面之词，我想他们一定是搞错了。可是看着你躺在床上，白布已经连你的脸都盖住的时候，我没有走过去握住你的手，也没有去质问医生，我只能像局外人那样，流一些在旁人看起来无关紧要的泪。

你的葬礼一周后举行，我受邀出席。我看到你安静地躺着，就像舒服地睡着了一样，而我只是呆坐在那儿，和所有人一样穿着严肃的黑色礼服，也和所有人一样起立落座。你家人致辞的时候我没有听，教士念悼词和祷告的时候我也没有听。我只是呆坐在那儿，脑海中一遍又一遍回忆着我们共同经历过的每一刻。

从那以后，我每天都会给你写信，我会在睡前亲吻你给我的颈带，然后把它放在枕头底下。我辞去了便利店的兼职工作，我觉得自己好像已经死去了，再也找不到值得去好好生活的理由。

天气好的时候，我会独自一人跑到我们曾野餐过的地方，在你的墓碑旁给你念我刚刚写好的诗，我在等着你告诉我哪一首写得很烂，哪一首还不错。

几周后我去姑妈家住了一段时间，我喝光了她酿的车厘子酒，然后把从未跟任何人讲过的话告诉了她，我第一次毫不掩饰地展示自己的脆弱，像一个孩子般大声哭泣，她把我抱在怀中，就像我真的是一个孩子。

后来，我再也没有喝过车厘子酒。

我这一年的颓靡对我的父母而言是一个不小的打击，而我也开始明白，我无法在南部继续生活下去，经历过剧烈心理疼痛之后的我有了可怕般的理智。

是时候离开了，我这样想着。

因为我知道，如果我不选择死亡的话，就必须坚强地活下去。我不能再像一个行尸走肉般颓废下去，这对我和我的家人来讲，都是一种折磨。倘若我仍然相信，并且希望自己终将被时间治愈的话，我就不能继续待在这个目之所及都充斥着回忆的地方。

无论如何，一个轻松的形象都需要被塑造起来。当我离开时,我不该继续沉溺于自己的情绪之中,而这样的自私，将会无一例外地对那些在意我的人造成伤害。他们不了解我在经受着的到底是什么，所以也就没有理由和我一起承担这一份沉重。

假装轻松起来，是我在颓靡了一年之后应该做到也必须做到的事情，无论我情愿与否，我都再也不能用一副慷慨赴死的心态进行告别了。

不久后，我和杰特如愿以偿地来到了雪山。

我们加入了当地登山爱好者组织的团队，因为对于攀爬雪山来说，只有两个人结伴同行，这很显然不是明智的做法。我们加入了他们之后，才真正了解到很多的登山专业知识，才明白登山是一项具有一定危险性的运动。虽然我们要攀爬的这一座雪山并不算太危险，但对新手而言，始终都需要做好充分的准备。

在登山前的一个月里，我们装备齐全，除了对各种工具、各类突发状况和救护措施进行了解之外，我们还进行了严格、系统的体能训练。

第一阶段：出发前四周，每天训练一小时，包括三公里匀速跑和台阶跳跃在内的有氧运动，也包括俯卧撑和引体向上在内的无氧力量训练。

第二阶段：出发前二至三周，七至十公里匀速跑，一百级台阶十次往返，负重下蹲。

第三阶段：出发前一周，徒步负重 20kg—30kg 登山训练，一百级台阶五次往返以及其他力量训练。

我从未做过这种高强度的体能训练，在训练开始时，我便打算放弃。登雪山这件事在我心目中很容易，这个看上去很快就能到达的地方，原来抵达的路是这么远、这么难。

在最疲惫的日子里，我来不及思考任何事，躺在床上很快就睡去了。在休息时，我继续写我的书。我曾经历过万念俱灰的时刻，而现在，我似乎也过上了看起来充满意义的生活。

杰特说，他没想到我居然是一个这么有毅力能吃苦的人，我没有回应他，只是沉默之后笑了笑。我不知道他是否明白在绝望和希望中反复沉沦，然后又重新爬起来的感觉是怎样的，而我在那场大火以后的每一天，都在经受着这样的煎熬。

我知道，悔恨和假设并不能改变已经发生的事，我也无法装作一个失忆的人，忘掉过去的种种痛苦。因为在这个世界上，没有人能够主动选择只抹去痛苦的记忆，快乐和痛苦总是交织而生，就像缠绕树干而生的藤条，当你陷入愉快的回忆中时，悲伤也就随之而来。

比起忘掉过去，我更愿意记住它们。哪怕我曾体验到的快乐只有那么一点儿，但我知道，这仅有的一点儿快乐是我人生中品尝过的最独特最不同的甜。

雪山矗立在眼前，攀登雪山的目的不再是为了证明自己有多强大，而是为了一个支撑自己活下去的念想。

这是一个并不轻易能抵达的地方，是一个需要人们吃尽苦头、不断坚持、披荆斩棘之后才能造访的地方，而这个过程，就像走进另一个人的心。

我曾一步一步走进你的心，所以我知道，你一定会比世界上任何一个人都要明白，这样的抵达对我来说意味着什么。

厚重的登山衣内袋里装着你离开时送我的绿宝石颈带，有了它，我感觉你一路上始终都陪在我身边。当我在雪地里踩空险些掉下悬崖时，你在我身边说再坚持一下，再加把劲儿。当我们遭遇气候突变纷纷走散时，是你为我们祈祷，让我们最终又安全相遇。当我们成功登顶，看到第一缕日出的金光洒在对面山峰上的时候，你仍在我身边，和我一起按捺着内心的激动。

我开始明白，血肉之躯破碎了，但灵魂却没有。我亲眼看着腾升的火焰在烧得最旺盛那一刻被彻底浇灭，而爱却并未像火一样即刻熄灭，它开始以另外一种方式延续自己更加漫长的生命，一端依附在我余生的全部时间，一端紧握着我对你的所有不舍和美好想象。

当我最终去到想去的地方，那里视野开阔，山林安静，凛冽的风让我保持清醒。我抬头望着天，看到无数颗星，也看到远处无穷的黑。甚至好像还看到了孤独星球在真空中旋转，太阳在发光。

然后我想到你，想起我们是如何相识，以及你是如何在有限的时间里，渗透进我全部的生命。